# ものあはれ

# もののあはれ

*Mono no Aware*

この世界は漢字の「傘」の字に似た形をしている。ただし、ぼくが手書きする、ひどくへたで、どこもかしこもバランスを崩している文字に似ている。

父さんならいまだにこんな子どもっぽい字しか書けないぼくをとても恥ずかしく思うだろう。実を言えば、もうろくすっぽ漢字を書けなくなっている。日本での正規の学校教育は、ぼくがまだ八歳のときに終わってしまった。

それでも、当座の目的のためには、このへたな文字が役目を果たしてくれる。

へ《かさ》の部分は太陽帆だ。このいびつな漢字ですら、じっさいの帆の途方もない大きさをかけらほども感じさせない。ライスペーパーの百分の一の薄さしかない回転する円盤が、巨大な凧のように千キロにわたって宇宙に広がっている。通過する光子をすべてとらえるために。文字通り、天を塞いでいる。

そのへ《かさ》の下に長さ百キロのカーボン・ナノチューブ製ケーブルが垂れている——強くて軽く曲げやすい。ケーブルの末端に〈前途洋々《ホープフル》〉号の心臓部がぶらさがっている。居住モジュールだ。高さ五百メートルの円柱で、そのなかにこの世界の全住人千二十一名が詰めこまれている。

太陽光が帆を押す。広がりつづけ、加速をつづけている螺旋軌道に乗せて、ぼくらを太陽から遠ざけていく。加速によってぼくら全員がデッキに押され、あらゆるものに重さを与えている。

現在の軌道に乗って、ぼくらは、おとめ座61番星と呼ばれている恒星に向かっている。太陽帆の傘に隠されているため、いまはその星は見えない。〈ホープフル〉号がそこに到着するのは、多少の違いこそあれ、およそ三百年後だ。運がよければ、ぼくの曾曾曾——どれくらい曾をつければいいのかまえに計算したことがあるが、もう覚えていない——孫がその星を目にするだろう。

居住モジュールには窓がない。流れるように通り過ぎていく星々の姿をかいま見ることはない。たいていの乗組員は気にしちゃいない。星を見ることには、ずいぶんまえに飽きてしまっているからだ。だが、ぼくは、宇宙船の底に設置されたカメラを通して船外を見るのが好きだ。遠ざかっていく赤みを帯びたぼくらの太陽の光を見ることができる。ぼくらの過去を見ることができる。

「大翔《ひろと》」父さんがぼくを揺すって起こした。「荷物を詰めなさい。時間だ」

ぼくの小型スーツケースは、出かける準備が整っていた。あとは囲碁セットを入れるだけだった。ぼくが五歳のときに父さんが買ってくれたものだ。父さんと碁を打つのが一日のうちで一番好きなひとときだった。

母さんと父さんとぼくが外に出たときには、太陽はまだのぼっていなかった。近所の人たちも、みな旅行カバンを抱えてそれぞれの家の外に立っていた。夏の星明かりの下、ぼくらはたがいに丁寧に挨拶をした。いつものように、ぼくは〈鉄槌《ハンマー》〉を探した。かんたんに見つかった。覚えているかぎりずっと、その小惑星《アステロイド》は、月を別にして空でもっとも明るい天体になっており、毎年、明るさを増していた。

屋根に拡声器を載せた一台のトラックが道路のまんなかをゆっくりと走っていく。

「久留米市民のみなさん！　バス停まで整然と並んでお進みください。駅までみなさんを運ぶバスはたくさん出ています。駅で鹿児島行きの列車にご乗車いただけます。マイカーは使用しないでください。道路は避難用バスと公用車用にあけていただかねばなりません！」

どの一家も歩道をゆっくりと歩いていった。

「前田さん」父さんがお隣のおばあちゃんに声をかけた。「荷物をお持ちしましょうか？」

「ありがとうございます」おばあちゃんは礼を言った。

十分ほど歩くと、前田のおばあちゃんは立ち止まり、電柱に寄りかかった。

「もうちょっとだよ、おばあちゃん」ぼくがそう声をかけても、前田のおばあちゃんは息を切らして、とても話すどころではなかった。ぼくはおばあちゃんを元気づけようとした。

「鹿児島にいるお孫さんに会いたいんでしょ。ぼくもミチくんに会いたいよ。ミチくんといっしょに座って、宇宙船のなかで休めるよ。みんなが座れるだけの席があるそうだよ」

お母さんがそれでいいと言うようにぼくにほほ笑んだ。

「ここに住んでいて運がよかったよ」そう父さんは言って、バス停に向かって整然と列を作って歩いている人たちや、地味な靴を履き、清潔なワイシャツを着た若い男性たち、年配の両親に手を貸している中年女性たち、ゴミもなく車も通っていない道路を指し示した。

そしてこの静けさも身振りで示した――おおぜいの人がいるのに、ささやき声より大きな声で話している人はだれもいない。ここにいる人たち――家族や近所の人や友だちや仕事仲間たち——同士の、目に見えないけれど、絹糸のように強い濃密な結びつきで、空気がゆらゆら揺れているようだった。

世界のほかの場所で起こっていることをTVで見ていた——略奪者がわめきながら、往来を踊り狂い、兵士や警官たちが宙に向かって、ときには群衆に向かって発砲していた。燃える建物、ぐらぐら揺れる死体の山、大昔からの不平不満に対する復讐を誓って荒れ狂う群衆をまえにして声を張りあげている将軍たち。この世が終わろうとしているというのに。

「大翔、覚えておいてもらいたいことがある」父さんはあたりを見まわし、感に堪えぬ声で言った。「これこそ災害に直面して、人としてわれわれの力を示している姿だ。われわれの特徴は個々人が孤立しているのではなく、みなが網の目のように関係を織りなしているところにある。ひとりの人間は、われわれみなが仲良く暮らせるように我欲を克服しなければならない。個人は小さく、無力だが、かたく結びついて一丸となれば、日本は無敵だ」

「清水先生」八歳のボビーが言う。「このゲーム、好きじゃない」

学校は円柱形居住モジュールのどまんなかにある。そこだと放射線を最大限に遮蔽できるからだ。教室の前方には、大きなアメリカ国旗が垂れさがっている。毎朝、子どもたちはその旗に向かって忠誠の誓いを口にしていた。アメリカ国旗の両隣には、それよりも小さな旗が二列になって並んでいる。〈ホープフル〉号の乗員のうち、ほかの国の国籍を持つ生存者たちの国旗だ。左側の列のいちばん端には、子どもの描いた日の丸の絵があり、白い紙の四隅が丸くなっていて、かつては真っ赤な朝日だったものが、いまや退色して夕陽の緋色に変わっていた。

ぼくは、ボビーと彼の友だちのエリックが席についているテーブルのそばに椅子を引き寄せた。「どうして好きじゃないんだい？」

ふたりの少年のあいだには、十九本×十九本の直線で構成された方眼がある。直線の交点にひとにぎりの黒と白の石が置かれている。

二週間おきに、一日の休みを取ると、太陽帆の状態をモニターするという通常業務を離れ、ここに来て子どもたちに日本のことを少しばかり教えている。ときおり、そんなことをしているのを馬鹿げていると思う。日本について子どものころのぼんやりとした記憶しかないぼくに彼らを教える資格があるだろうか。

とはいえ、選択の余地はない。ぼくのような非アメリカ系技術者はみんな、学校での文化教養プログラムに参加し、伝えられる限りのものを伝えるのが義務だと感じている。

「石がみんなおなじみたいだもん」ボビーが言う。「それに動かないよ。つまんない」

「どんなゲームが好きなんだい？」

「〈アステロイド・ディフェンダー〉!」と、エリック。「あれはいいゲームだよ。世界を救うんだ」

「コンピュータ・ゲーム以外のゲームで好きなものを訊いているんだ」

ボビーは肩をすくめる。「チェスかな。クイーンが好き。強い駒で、ほかの駒とぜんぜんちがうから。クイーンはヒーローだよ」

「チェスは小競り合いのゲームだ」ぼくは答える。「碁の世界観はもっと大きい。すべての戦いを包みこんでいるんだ」

「碁にはヒーローがいないよ」ボビーはかたくなに反論する。

ぼくは答える術《すべ》を知らない。

鹿児島には宿泊場所がなかった。そのため、みんな屋外で寝た。スペースポートに通じる道路沿いに寝た。地平線上に陽の光を浴びて輝いている何機もの銀色の巨大脱出船の姿が見えた。

小惑星〈鉄槌〉から割れ剝がれた破片が火星と月に向かうため、安全を期して、宇宙船は深宇宙までぼくらを運ばねばならないだろう、と父さんはぼくに説明してくれた。

「窓際の席がいいな」星々が流れ去っていくのを想像して、ぼくは言った。

「窓際の席は、おまえより年下の子にゆずらないといかんぞ」父さんは言った。「いいかい、いっしょに暮らしていくためにはいろんな我慢をしなければならないんだ」

ぼくらはスーツケースを積んで壁にし、シーツをかぶせ、風除けや日除けにした。毎日、政府の調査官がやってきて、配給品を配ったり、万事問題ないかの確認をした。

「我慢してください！」政府の調査官たちは言った。「いろいろ遅れているのはわかっていますが、できることはすべてやっています。全員の分の席はあります」

ぼくらは我慢強かった。昼間、一部の母親たちは子どものための授業をおこない、父親たちは宇宙船の用意がようやく整ったとき、高齢の親や赤ん坊のいる家族を優先して搭乗できるような制度を作りあげた。

待機が四日つづくと、政府の調査官のことばは、あまり励ましに聞こえなくなった。群衆のあいだに噂が広まった。

「問題は宇宙船だ。宇宙船のどこかがおかしいんだ」

「建造した連中は政府に嘘をつき、まだ用意が整っていないのに整っていると言ったんだ。首相は面目なくて真実を認められずにいる」

「まともな宇宙船は一機しかなく、要人数百名分の席しかないと聞いたわ。ほかの宇宙船は見せかけだけのがらんどうらしい」

「アメリカ人の気が変わって、われわれのような同盟国のため、さらに宇宙船を建造してくれることを政府は期待しているんだ」

母さんが父さんのところにやってきて、耳元で囁いた。

父さんは首を横に振り、母さんを遮った。「その話はもうよせ」

「だって、大翔のために――」

「よせ！」父さんがそんな怒った声で話すのを聞いたことがなかった。いったん口をつぐみ、息を呑む。「われわれはたがいに信頼しなければならない。首相と自衛隊を信用しなければならないんだ」

母さんは悲しげな表情を浮かべた。ぼくは手をのばして、母さんの手を握った。「ぼくはこわくないよ」

「そのとおりだ」父さんは声に安堵をにじませて言った。「なにもこわがるものはない」

父さんはぼくを両腕で抱えあげ――ぼくがとても幼いときを別にして、父さんにそんなふうにされたことがなかったので、ぼくはちょっと恥ずかしかった――見渡すかぎりのまわりを埋めている何十万人もの人たちを指し示した。

「ここにどれほどおおぜいの人がいるのか、ご覧――おばあさんたちや若い父親たちやお姉さんたちや弟たちを。こんなおおぜい人がいるなかでパニックに陥ったり、噂を広めだすのは、自分勝手で間違ったことであり、多くの人が傷つきかねない。われわれはいまいるところを離れず、より大きな展望をけっして忘れないように心がけないといけない」

ミンディとぼくはゆっくりと愛を交わす。彼女の黒い巻き毛の匂いを嗅ぐのが好きだ。芳《かぐわ》しくて温かい。海の香りのように、新鮮な塩の香りのように鼻孔をくすぐる。ことが終わると、ぼくらは隣り合って寝そべり、ぼくの部屋の天井のモニターを見上げた。

モニター画面は後退していく星野の光景を繰り返し映すようにしている。ミンディはナビゲーション部門で働いており、ぼくのため、コックピットの高解像度ビデオ映像を記録してくれている。

天井が大きな天窓で、ぼくらは星々を見上げて横になっているのだ、というふりをするのが好きだ。モニターには懐かしき地球の写真や映像を映すようにしておくのが好きな人たちがいるのは知っているけれど、悲しくなってしまうのでぼくにはできない。

「日本語で〝スター〟はなんと言うの？」ミンディが訊く。

「ホシ」ぼくは彼女に教える。

「〝ゲスト〟はなんと言うの？」

「オキャクサン」

「じゃあ、わたしたちは、〝ホシオキャクサン〟なの？」

「そんなふうにはならないんだ」ぼくは答える。ミンディは歌が趣味で、英語以外の言語の音を好んでいる。「意味が邪魔になると歌詞の奥に音楽を聴くのが難しい」かつて彼女からそんな話を聞いたことがある。スペイン語がミンディの第一言語なのだが、ぼくの日本語力よりも彼女のスペイン語力のほうが低かった。よくミンディはぼくに日本語の語句を訊ね、それを自作の歌に組みこんでいた。

ぼくはミンディのため歌詞にふさわしい日本語にしようとしたが、うまくいったかどうか定かではなかった。「ワレワレハ、ホシノアイダニ、キャクニキテ（ぼくらは星々のあいだを旅する客になった）」

「どんなものでもそれを言い表すのに千もの方法がある」父さんはよく言っていた。「それぞれの場合に合わせたふさわしい表現があるんだ」日本語が陰影と雅趣に満ちた言語であり、一文一文が詩であることを父さんに教わった。日本語は、重層的な言語であり、語られぬことばが語られることばとおなじように深い意味を持ち、文脈のなかに文脈が潜み、まるで日本刀の鋼《はがね》のように層が重なりあう言語である、と。

父さんがそばにいてくれればいいのに。そうしたら、「あなたがいなくて寂しい」というのを日本人の最後の生き残りとして、二十五回目の誕生日を迎えたときに日本語でどう言えばいいのか訊ねることができるだろうに。

「姉は日本のピクチャーブックがとても好きだったの。マンガが」

ぼくとおなじように、ミンディは孤児だ。それもぼくらがたがいに好意を抱いた理由のひとつだろう。

「お姉さんのこと、たくさん覚えてる？」

「あんまり。この船に乗ったとき、わたしはまだ五歳かそこらだった。そのまえに覚えているのは、いやというほど銃火が上がり、わたしたちはみんな暗がりに隠れていて、走り回り、泣き声をあげ、食料を盗んだことばかり。姉さんはわたしをおとなしくさせるためにいつもマンガを読んでくれていた。そして……」

ぼくはあのビデオを一度だけ見た。高軌道から映した映像で、青と白の大理石だった地球が、小惑星の衝突した瞬間、ぐらっと揺れたようだった。やがて破壊が広がっていく無音の沸き立つ波が地球をゆっくりと包みこんだ。

ぼくはミンディを引き寄せ、額に軽くキスする。慰めのキス。「悲しいことを話すのはやめよう」

ミンディは両腕でぼくをきつく抱きしめた。まるでけっして離しはしないと思っているかのように。

「そのマンガだけど、なにか覚えている？」ぼくは訊ねる。

「巨大ロボットがたくさん出てきた。日本ってすごく力を持ってるんだ、と思ったものよ」

ぼくは想像してみようとする——日本全土に英雄的《ヒロイック》な巨大ロボットがいて、必死に住民を救おうとしているところを。

首相の謝罪は拡声器から流された。携帯電話で見ている人もいた。そのときのことをろくに覚えていないが、首相の声がか細く、体つきがとてもひ弱で年老いて見えたのは覚えている。心底申し訳なく思っているようだった。「国民のみなさんを失望させてしまいました」

噂はほんとうだったと明らかになった。宇宙船建造業者は、政府から金を受け取ったものの、彼らが約束した強度あるいは航行能力を持つ宇宙船を建造しなかったのだ。業者は土壇場になるまで猿芝居をつづけた。ぼくらが真実に気づいたときには、もう手遅れだった。

国民を失望させた国は日本だけではなかった。世界のほかの国では、〈鉄槌〉が地球との衝突軌道にあることがはじめてわかったとき、共同避難事業にだれがどれほどの負担をすべきかについて言い争いが生じた。そして、その事業計画が潰れたとき、大半の人間は、〈鉄槌〉が逸れるほうに賭け、たがいの戦いに金と命を費やしたほうがましだと判断した。

首相が話を終えたあと、群衆は押し黙ったままだった。いくつか怒声があがったが、それもすぐに静まった。やがて人々は整然と荷造りをして、仮設キャンプ地を立ち去りはじめた。

「みんなただ家に帰ったの？」信じられないという表情を浮かべてミンディが訊く。

「そうだよ」

「略奪はなかったの？　パニックにかられて逃げ惑う人たちや、町中で反乱を起こした兵士たちはいなかったの？」

「それが日本なんだ」自分の声に誇りがにじんでいるのがわかる。父さんの誇らしげな声を真似ていた。

「みんな諦めたのね」ミンディは言う。「諦めちゃったんだ。文化的なものかもしれないわね」

「ちがうよ！」声を荒らげないように努める。ミンディのことばはぼくをいらだたせる。碁が退屈だというボビーの発言とおなじように。「そういうもんじゃなかったんだ」

「父さんが話しているのはだれ？」ぼくは訊いた。

「ハミルトン博士よ」母さんが言った。「わたしたちは――博士とお父さんとわたしは――アメリカでおなじカレッジに通っていたの」

ぼくは父さんが電話で英語を話しているのをじっと見た。まったく別人のようだった――声の抑揚や高さだけではなかった。表情もずっと生き生きとして、手の仕草もはるかに激しかった。外国人のように見えた。

　父さんは電話に向かって怒鳴った。

「なんて言ってるの？」

　母さんはしーっと言って、ぼくを黙らせた。母さんは父さんをじっと見ていて、一言一言に耳をそばだてていた。

「ノー」父さんは電話に言った。「ノー！」そのことばを訳す必要はなかった。

　あとになり母さんは言った。「あの人は正しいことをやろうとしているわ、彼なりのやり方で」

「あいつはむかしから自分勝手だ」父さんが言い放つ。

「そんな言い方は公正じゃないでしょ」母さんが言った。「内緒でわたしに電話してきたわけじゃない。わたしにじゃなく、あなたに電話してきた。なぜなら、立場が逆になれば、たとえべつの男といっしょだとしても、自分の愛した女性に生き延びるチャンスを喜んで与えるだろうと彼は信じているからだわ」

　父さんは母さんを見た。ぼくは両親がたがいに「愛している」と言っているのを一度も聞いたことがなかったけれど、口にせずとも真意が伝わることばはあるものだ。

「もし彼に訊かれたとしても、けっしてイエスと言わなかったわ」ほほ笑みながら、母さんは言った。そして台所に昼食を作りにいった。父さんは目で母さんを追った。

「きょうは天気がいいな」父さんがぼくに言った。「散歩にいこう」

歩道を歩いている近所の人たちとすれ違った。たがいに挨拶をし、健康を訊ねあった。なにもかも正常に見えた。〈鉄槌〉が夕暮れの空にいっそう明るく輝いて浮かんでいた。

「大翔、こわくてたまらないだろうな」父さんが言った。

「脱出船はもう造ろうとしないの？」

父さんは答えなかった。晩夏の風が蟬の声を運んできた。

やがて死ぬけしきは見えず蟬の声

「父さん？」

「芭蕉の句だ。わかるか？」

ぼくは首を横に振った。あまり詩歌は好きじゃなかった。

父さんは溜息をついて、ぼくにほほ笑みかけた。沈む夕陽を見ながら、父さんはまた口をひらいた。

夕陽《せきよう》無限に好《よ》し
只《た》だ是れ黄昏《こうこん》に近し

ぼくはその詩句を繰り返した。そのなかのなにかがぼくを感動させた。その気持ちをことばにしようとした。「おとなしい仔猫がぼくの心の内側を舐めているみたいな感じがするよ」

笑い声をあげるのではなく、父さんはまじめな顔でうなずいた。

「古代唐の詩人李商隠《りしょういん》の「楽遊原《らくゆうげん》」という題の詩だ。李商隠は中国人だが、彼の詩情はとても日本人的だ」

ぼくらは歩きつづけた。ぼくは黄色いタンポポの花のそばで立ち止まった。花弁の頭を垂れている角度がとても美しく思えた。さきほどの、心を仔猫の舌に舐められている感覚がまたした。

「あの花の……」ぼくはためらった。ふさわしいことばを見つけられなかった。

父さんが口をひらいた。

蒲公英《たんぽぽ》のうつむきたりし月の夜

ぼくはうなずいた。その句に浮かび上がったイメージは、一瞬で消え去るのと同時に永遠に残るもののように思えた。幼い子どものころ経験した時間の長さに似ていた。その句はぼくを少し悲しくも嬉しくもさせた。

「万物は流転するんだ、大翔」父さんは言った。「おまえの心が感じたその気持ちは――〝もののあはれ〟というものだ。命あるあらゆるものが儚《はかな》いという感覚だ。太陽もタンポポも蟬も〈鉄槌〉も、われわれみんなも。われわれはみなジェイムズ・クラーク・マクスウェルの方程式に支配されており、継続時間が一秒であろうと十億年であろうとみな最終的には消えていく運命にある一時的なパターンなのだよ」

ぼくは掃除の行き届いた通りやゆっくりと歩いている人々、芝生、夕陽を見渡した。なにもかも正しい場所にあり、なにもかも正常だとわかった。父さんとぼくは散歩をつづけた。ぼくらの影が触れあった。〈鉄槌〉が真上にぶらさがっていても、ぼくはこわくなかった。

ぼくの仕事のひとつは、目のまえのインジケーター・ライトでできた方眼を見つめることだ。巨大な碁盤に似ていなくもない。

おおかたの時間、とてもたいくつだ。ライトは、太陽帆のさまざまな地点の張力を示しており、太陽帆が遠くの太陽の弱まっていく光にかすかにたわむと、数分おきにおなじパターンを描く。ライトが繰り返すパターンは、眠っているときのミンディの呼吸と同様、ぼくにはなじみ深いものだ。

われわれの船はすでに光速の数分の一の速度で航行している。いまから数年後、充分な速度に達したとき、進路をおとめ座61番星とその無垢の惑星に向けて変更し、われわれに命を与えてくれた太陽を忘れ去られた記憶のようにうち捨てるのだ。

だが、きょうは、ライトの作るパターンが少しおかしい。南西《サウスウエスト・コーナー》隅にあるライトのひとつが一秒の数分の一速く瞬いている。

「ナビゲーション」ぼくはマイクに向かって言う。「こちらセイル・モニター・ステーション・アルファ。航路に乗っていることを確認してくれるかい？」

一分後、ミンディの声がイヤピースに届く。ほんの少し驚きが声ににじんでいる。「気がつかなかった。だけど、ほんの少し、航路からずれているわ。なにがあったの？」

「まだ確かじゃない」ぼくは目のまえの方眼を見つめている。同調を外し、調和していないかたくななライトを見つめている。

母さんは父さん抜きでぼくを福岡に連れていった。「クリスマスの買い物にいくの」母さんは言った。「あなたを驚かせたいの」

父さんはほほ笑んで、首を横に振った。

ぼくらは賑わった通りを進んだ。これが地球で最後のクリスマスになるかもしれないため、格別に賑やかな雰囲気だった。

地下鉄で隣に座っていた男性が広げ持っていた新聞を横目で見た。「合衆国の逆襲！」と見出しにあった。アメリカの大統領が勝ち誇ったように笑みを浮かべている大きな写真が載っていた。その下には一連のほかの写真があり、その何枚かは以前に見たことがあった——何年もまえに試験飛行中に爆発したアメリカの最初の実験避難船、TVで責任を追及しているならずもの国家の指導者、外国の首都に侵攻しているアメリカの兵士たち。

折り返しの下に、小さめの記事があった——「審判の日のシナリオに懐疑的なアメリカの科学者たち」なんの手立てもないことを受け入れるより、大災害が現実のものでないと信じたがる人がいるんだ、と父さんはまえに言っていた。

ぼくは父さんのプレゼントを選ぶものだと期待していた。だけど、母さんは、贈り物を買いに電気街にぼくを連れていくのではなく、市内のぼくが一度もいったことのない場所に向かった。母さんが携帯電話を取りだして、みじかい電話をかけた。英語でしゃべっていた。ぼくは驚いて母さんを見上げた。

やがてぼくらは大きなアメリカの旗が屋根にたなびいている建物のまえに立っていた。なかに入り、オフィスのひとつに通されて、腰を下ろした。ひとりのアメリカ人男性が入ってきた。その人は、悲しげな顔をしていたが、そう見えないよう懸命に努めていた。

「リン」男性は母さんの名前を呼び、そこで黙った。そのたった一言にぼくは後悔と思慕と複雑な話を聞き取った。

「こちらはハミルトン博士よ」母さんがぼくに言った。ぼくはうなずいて、握手しようと手を差し出した。TVでアメリカ人がそうしているのを見ていたからだ。

ハミルトン博士と母さんはしばらく話をした。母さんは泣きだし、ハミルトン博士は気まずそうに立っていた。母さんを抱きしめたいのだけど、あえてそうしないでいるかのような様子だった。

「あなたはハミルトン博士のところに残るのよ」母さんはぼくに言った。

「えっ？」

母さんはぼくの両肩をつかみ、しゃがんで、ぼくの目をじっと見つめた。「アメリカ人は軌道上に秘密の船を一機持っているの。この戦争に突入するまえに宇宙に打ち上げることができた唯一の船なの。ハミルトン博士がその船の設計をしました。彼はわたしの……昔の友人で、自分といっしょにひとりの人間を乗せることができるの。それがあなたのたった一度のチャンスなの」

「いやだ、ぼくはいかないよ」

やがて母さんは出ていこうとドアをひらいた。泣き叫び、蹴りつけるぼくをハミルトン博士が強く抱き止めた。

ドアがひらくとそこに父さんが立っていて、ぼくらはみんな驚いた。

母さんが泣き崩れた。

父さんは母さんを抱きしめた。父さんがそんなことをするのを見たことがなかった。とてもアメリカ人ぽい仕草に見えた。

「ごめんなさい」母さんは言った。泣きながら何度も「ごめんなさい」と言いつづけた。

「かまわない」父さんは言った。「わかってる」

ハミルトン博士がぼくを離した。ぼくは両親に駆け寄り、ふたりにしゃにむに抱きついた。

母さんは父さんを見た。母さんはなにも言わなかったけれど、その表情で、すべてを伝えていた。

蠟人形が命を吹きこまれたかのように父さんの顔が和《やわ》らいだ。吐息をつくと、父さんはぼくを見た。

「こわくないだろ？」父さんが訊いた。

ぼくはうなずいて、こわがっていないことを示した。

「だったら、おまえは船に乗ってもなんの問題もない」そう言うと、父さんはハミルトン博士の目を見た。「息子を引き受けてくれてありがとう」

その言葉に母さんとぼくは、驚いて、父さんを見た。

蒲公英の毛花散りぬる秋の風

ぼくはうなずき、わかったふりをした。

父さんはすばやく、激しく、ぼくを抱きしめた。

「日本人であることを忘れるな」

そしてふたりは立ち去った。


「なにかが太陽帆に穴をあけた」ハミルトン博士が言う。

狭い部屋には、最上級司令スタッフしかいない——くわえて、すでに事情を知っているミンディとぼくがいた。乗組員たちのあいだにパニックを起こさせていいわけがない。

「穴が船を傾けさせ、航路を外れさせている。穴を塞がないと、裂け目が広がり、やがて帆が萎《しぼ》んでしまい、〈ホープフル〉号は宇宙を漂流することになるだろう」

「修理する方法はあるんですか？」船長が訊ねる。

ぼくにとって父親のような存在だったハミルトン博士が白髪に覆われた頭を振る。博士がそんなに落胆した様子でいるのは見たことがなかった。

「裂け目は帆の中心から数百キロ離れたところにある。だれかをそこにたどりつかせるには何日もかかる。帆の表面に沿ってあまり速く移動することができないからだ——あらたな裂け目が生じる危険性が高すぎる。そこにたどりつくころには、裂け目は塞げないほど大きくなってしまっているだろう」

そういうものだ。万物は流転する。

ぼくは目をつむり、帆を思い浮かべる。膜はとても薄く、うっかり触ろうものなら、穴があいてしまうだろう。だけど、その膜は、帆に剛性と張力を与える、折り目と支柱からなる複雑なシステムによって支えられている。子どものころ、母がこしらえた折り紙細工のように、太陽帆が宇宙にひらいていく様子をまじまじと眺めたものだった。

つなぎケーブルを支柱の足場につないだり外したりして、太陽帆の表面をかすめ飛んでいくところをぼくは想像する。トンボが池の表面にちょんちょんと尻尾を浸けていくように。

「七十二時間でたどりつけます」ぼくは口をひらく。だれもがこちらを見る。ぼくは自分のアイデアを説明する。「支柱のパターンはよくわかっています。人生の大半を費やして、遠くからモニターしてきましたから。最速のルートを見つけられます」

ハミルトン博士は懐疑的だ。「あの支柱はそんな動きに合わせて設計されていない。こんなシナリオを一度も計画していないんだ」

「じゃあ、即興でやりましょう」ミンディが言う。「わたしたちはアメリカ人じゃないですか。けっして諦めたりするもんですか」

ハミルトン博士は顔を起こした。「ありがとう、ミンディ」

ぼくらは計画を立て、議論を戦わせ、たがいに怒鳴りあい、夜を徹して働いた。居住モジュールからケーブルをのぼって、太陽帆にたどりつくのは、長く厳しい登攀《とうはん》だった。ほぼ十二時間かかった。

ぼくの名前の二番目にある漢字がどんな形をしているのか、書かせてもらおう。

翔

この漢字は、「空に舞い上がること」を意味している。左側の部首を見てもらえるだろうか？　それがぼくだ。ヘルメットから一対のアンテナを立てて、ケーブルにつながっている。背中には羽がある――あるいは、この場合は、ブースター・ロケットと予備燃料タンクだ。そのロケットがぼくを上へ上へ、全天を塞いでいる巨大な反射型ドームに向かって押し上げる。太陽帆でできた蜘蛛の巣形の鏡に向かって。

ミンディが無線でぼくと会話を交わす。ぼくらはジョークを言い合い、秘密をわかちあい、将来ふたりでやりたいことについて話し合う。話題が尽きると、ミンディはぼくに歌いかける。その目的はぼくを眠らせないことだ。

ぼくらは《ワレワレハ、》星々のあいだを《ホシノアイダニ、》旅する客になった《キャクニキテ》

だけど、登攀は実際には容易な部分だった。支柱のネットワークに沿って、穴のあいた箇所まで太陽帆を横切る旅のほうがはるかに難度は高い。

船をあとにしてから三十六時間が経過していた。ミンディの声は疲れてきており、弱々しくなっていた。彼女はあくびをした。

「眠れよ、ベイビー」ぼくはマイクに囁く。ぼくもひどく疲れて、一瞬でいいから目をつむりたい。

夏の夜、ぼくは道を歩いている。かたわらには父がいる。

「日本人は、火山と地震と颱風と津波の国に暮らしているんだ、大翔。地下の炎と上空の凍える真空とのあいだにはさまれた、この惑星表面の細長い土地に縛られ、いつなんどき生命の危機に襲われるかもしれない暮らしをずっと送ってきた」

と、宇宙服を着てひとりでいる自分に戻った。一時的な集中力の欠如から、背中に背負った荷物を太陽帆の梁《はり》の一本にぶつけて、あやうく燃料タンクの一本が外れ落ちてしまいそうになった。すんでのところでタンクをつかんだ。すばやく動けるよう、装備の重量を最後の一グラムまで軽くしていたため、ミスする余地はなかった。なにも失うわけにはいかなかった。

　ぼくは夢を振り払い、動きつづけようとした。

「とはいえ、それが死の近さを、一瞬一瞬に宿る美しさを意識させ、耐え忍ぶことを可能にしているんだ。もののあはれは、いいか、宇宙と共感することなんだ。それが日本という国の魂なんだ。それが絶望することなくヒロシマを堪え忍び、占領を堪え忍び、都市の崩壊を堪え忍び、全滅を堪え忍ばせたんだ」

「ヒロト、起きて！」ミンディの必死な懇願の声が聞こえた。ぼくははっと我に返った。いったいどれくらい眠れずにいるのだろう？　二日か、三日か、それとも四日？

　この旅の最後の五十キロかそこらは、帆の支柱を離れ、ロケットにだけ頼って、ケーブルをつながずに、帆の表面をかすめ飛ばなければならなかった。すべてが光速の何分の一かの速度で動いているというのに。そう考えるだけで、めまいがする。

　すると突然、またしても父がかたわらにいた。太陽帆の下の宇宙空間に浮かんでいる。ぼくらは碁を打っていた。

「左下隅《サウスウエスト・コーナー》をご覧。おまえの石が半分に分断されているのがわかるか？　父さんの白石がすぐに囲んで、すべての石をとらえてしまうぞ」

　ぼくは父の指し示しているところを見て、危機に気づいた。見過ごしていた空点がある。ひとつの軍勢だと考えていたものは、実際には中央に穴があいて、切断されそうだ。次の手で空点を塞がなければならない。

白昼夢を払いのけた。こいつに片を付けねば。そうすればやっと眠れる。目のまえの破れた帆に穴があいていた。現在の航行速度では、イオンシールドをくぐりぬけた小さな埃のかけらでも、大惨事を引き起こしかねない。穴のぎざぎざの縁が、太陽風と放射線の圧力に押されて、宇宙空間でかすかにはためいている。個々の光子は小さく、取るに足りず、質量さえないが、まとまれば、天ほど大きな帆を動かし、千人の人間を押すことができる。

宇宙は驚異だ。

黒石を手に取り、空点を埋める用意をする。わが軍勢をひとつに結びつけるために。石はバックパックから取りだした修繕キットに変わった。ブースター・ロケットを操作し、帆の裂け目の真上に浮かぶ。穴を通して、その向こうの星々が見える。船に乗っているだれひとりとして何年も見たことのない星々。その星々を見て、心に思い描く。いつの日か、そのなかのひとつの恒星のまわりに、まとまりつどってあたらしい国を作った人類が絶滅の危機をまぬがれ、再出発を遂げ、ふたたび繁栄するところを。

慎重にぼくは裂け目にパッチを当て、ヒート・トーチのスイッチを入れる。トーチを裂け目に走らせると、パッチが溶けて広がっていき、太陽帆の膜の炭化水素分子鎖と一体化するのがわかる。それが終わると、その上に銀を蒸着させ、輝く反射層を形成させるつもりだ。

「うまくいってる」ぼくはマイクに向かって告げる。くぐもった祝福の声がミンディの背後で起こるのが聞こえる。

「あなたはヒーローよ」ミンディが言う。

自分がマンガのなかの日本製巨大ロボットになった気がして、笑みがこぼれた。

トーチの炎が断続的になり、消えた。

「注意して見るんだ」父さんが言う。「その穴を塞ごうとしてそこに次の石を打ちたがっているだろ。だけど、おまえがしたいのはほんとうにそういうことか？」

トーチにつないでいる燃料タンクを振ってみた。空だ。これは帆桁にぶつけたタンクだ。あの衝突で漏れが生じたにちがいなく、パッチを当て終えるに充分な燃料が残っていなかった。パッチがゆるやかにはためき、まだ半分しか裂け目にくっついていない。

「帰還したまえ」ハミルトン博士が言った。「燃料を補給して、やりなおそう」

ぼくはくたくたに疲れ切っている。どんなに懸命になっても、必要な速さでここに戻ってくることはできないだろう。そして戻ってきたころには、裂け目はどれほど大きくなっているのか知れたもんじゃない。ハミルトン博士はぼくとおなじようにそのことをわかっている。彼はただ船の温かい安全のもとにぼくを戻したがっているだけだ。

タンクにはまだ燃料が残っている。帰還の旅用に残している燃料だ。

父は期待のこもった表情を浮かべていた。

「そうか」ぼくはゆっくりと言う。「この空点に次の石を打てば、右上隅《ノースイースト》の小さな一団を生かすチャンスを失うんだ。父さんが彼らをとらえてしまうね」

「ひとつの石は同時に二箇所に打てない。おまえは選ばないといけない」

「どうしたらいいのか教えてよ」

ぼくは答えを求めて、父の顔を見る。

「まわりをご覧」父さんは言った。母さんがいた。前田のおばあちゃんがいた。首相がいた。久留米のご近所さんがみんないた。鹿児島で、九州で、日本列島で、地球全土で、〈ホープフル〉号でいっしょに待っていた人が全員いた。彼らは期待をこめてぼくを見ている。ぼくが大切なことをするのを待っている。

父さんの声は静かだった。

星辰輝き瞬く
われらみな過客にて、
まずほほ笑み、そして名乗らん

「策があります」ぼくは無線でハミルトン博士に告げる。

「きっとなにか考えてくれると思ってたわ」ミンディが言う。誇らしげで幸せそうな声だ。

ハミルトン博士はしばらく黙っている。ぼくがなにを考えているのか、博士はわかっているのだ。やがて、博士は言った。「ヒロト、ありがとう」

ぼくは役に立たない燃料タンクをトーチから外し、背中のタンクと接続する。スイッチを入れる。炎は明るく、鋭い。光の刃だ。目のまえで光子と原子を結集させ、力と光の網に変える。

膜の向こうにある星々がふたたび封印された。太陽帆の鏡状表面は完璧なものになった。

「航路修正せよ」ぼくはマイクに向かって言う。「修理完了」

「確認した」ハミルトン博士が答える。その声は、悲しい声にならないよう努めている人が出すそれだ。

「まず戻って来てもらわないと」ミンディが言う。「いま航路を修正したら、あなたはどこにも自分をつなぎとめるところがないでしょ」

「かまわないんだ、ベイビー」ぼくはマイクに囁く。「ぼくは戻らない。もう燃料が足りないんだ」

「こちらから迎えにいくわ！」

「ぼくみたいにすばやく支柱を渡って来られないよ」ぼくはおだやかにミンディに告げる。「だれもぼくほど支柱の組み合わせパターンを知らない。ここに救援隊が到着するころには、空気がなくなっているさ」

ミンディがひとしきり反論を終えてまた押し黙るのを待つ。

「悲しいことを話すのはやめよう。愛してるよ」

そしてぼくは無線を切ると、体を宇宙空間に押しやる。彼らがむだな救援ミッションに乗りだしたりしないように。そしてぼくは太陽帆の傘の下を落ちていく。はるか、はるか下へと。

太陽帆が回転しながら遠ざかっていくのを眺める。星々がその輝きをあらわにする。もうずいぶん遠くにある太陽は、たくさんの星々のなかのひとつにすぎなくなっている。昇りもせず、沈みもしない。ぼくは星々のあいだを漂い流れている。ひとりきりで。同時に星々とともに。

仔猫の舌がぼくの心の内側をちろちろと舐める。

次の石を空点に打つ。

父さんはこちらの読みどおりに次の手を打ち、右上隅のぼくの石は死に、取り上げられた。

だが、こちらの主力の大石は無事だ。この先ますます栄えるやもしれない。

「碁にもヒーローはいるかもね」ボビーの声がした。

ミンディはぼくをヒーローと呼んだ。だけど、ぼくはたんにしかるべきときにしかるべき場所にいた男にすぎない。ハミルトン博士もまたヒーローだ。〈ホープフル〉号を設計したのだから。ミンディもヒーローだ。ぼくを眠らせなかったのだから。ぼくの母もヒーローだ。ぼくが生き延びられるようにぼくを手元に置くのをやむなく諦めてくれたのだから。ぼくの父もヒーローだ。やるべき正しいことを示してくれたのだから。

ぼくらの有り様は、他人の命がおりなす網のなかでどこにしがみついているかで定められている。

それぞれの石がうつろう命と震える息吹からなる、より大きなパターンに溶けこむと、ぼくは碁盤から視線を外した。「個々の石はヒーローではないけれど、ひとつにつどった石はヒーローにふさわしい」

「散歩するのにうってつけのすてきな日じゃないか」父さんが言う。

そしてぼくらは並んで通りを歩いていく。通り過ぎるすべての草の葉、すべての露の雫、すべての沈む夕陽の薄れゆく光を覚えていられるように。計り知れないほど美しいすべてのものを忘れぬように。

# 潮　汐

*The Tides*

「小さいとき」パパはそう言って、喉を鳴らして笑う。「月はとても小さくて、コインのようにポケットに入れられると思ったものだ」

あたしは返事をしない。話をしている暇なんてないからだ。潮がそこまで迫っている。毎日、あたしたちは海辺を漁って、曲がったレールや錆びた梁、破れた金属板を拾い集める。それを溶接して塔の外枠にし、家の高さを増すのだ。

頭の上では月がのしかかるように浮かんで、空の四半分を占めている。月の表面は赤や黄色の血管が縦横に走っていて、まるでクリーム・カラメルみたいだ。とても眩く光っているため、あたしたちの一マイル下にある海辺が白いテーブルクロスのようにきらきらしている。

はるか遠くの水平線には高さ数千フィートはある水の山が白く泡立ちながら、こちらに迫っている。塔はとてつもない波が立てるかすかな、遠い轟きの音に揺れはじめている。

「パパ、なかに入ろうよ」

あたしが小さな子どもだったころ、塔はいまよりずっと低かった。干潮のとき、人は塔のすぐ下を歩いていたものだ。

「なぜ月は毎年大きくなりつづけているんです、ペルティア博士?」彼らは首を傾げながら訊いたものだ。

局所的重力定数、軌道減衰、はたまた、なにも言わないのに等しいたくさんの記号や数字を用いたそれ以外の冷たい方程式を詳細に述べるかわりに、パパは一瞬立ち止まって、笑みを浮かべ、こう言ったものだ。「たぶん、月は地球を好きすぎるんだろうな。キスしたくて近くに寄りたいんだろう」

人々は首を振り振り、先に進んだ。彼らの多くは宇宙港にいき、そこでほかの世界に向かう巨大な流線形の銀色の船に乗りこみ、二度と帰ってこなかった。

「なぜあたしたちは出ていかないの?」あたしは一度訊いたことがある。

「エロディ」パパはあたしの髪を優しく撫でて言った。「太陽に照らされた海原の香りを風が運んでくるとき、パパはおまえの母さんの髪の毛の芳しい香りを嗅げるんだ」

あたしの母親はあたしが生まれた直後、潮流に呑まれて、溺れ死んだ。その場所のそばにパパは塔を作ることに決めた。

「くらげが夜に水中でまたたくとき、きらきら輝くおまえの母さんの瞳をそこに見出す。波が塔に打ち寄せて砕けるとき、おまえの母さんが台所で炊事しているときの音を耳にする。おまえの母さんが海の一部であるのに、どうして離れることができよう？」

愛がパパを海に、情け容赦のない潮流につなぎとめていた。

塔が最後の大聖堂の尖塔ほど高くなるころには、地球に残っている人間はほぼいなくなっていた。まだ残っている人たちは、満潮のときに島に変わってしまう丘の上の街に身を寄せ合っていた。そして毎日、彼らの多くが去っていった。

若い男たちが塔の下を通り過ぎていったものだ。胸をはだけ、日焼けした肩にはたくましい筋肉が躍り、風が彼らの声を塔の上のあたしまで送り届けてきた。

「きみみたいな綺麗な女の子がここにいたって未来はない。おれたちといっしょにこいよ！」

あたしは彼らに返事をしなかった。

ただ一度をべつにして。

あの日、満潮の海面がちょうど塔に届きはじめた。とはいえ、水の壁はまだ何マイルも先にあった。ふと、ゆっくりと動く蟻のように小さなふたつの人影を東の干潟に見た。ひとりの男がべつの男を担いでいた。

パパとあたしは手を貸そうと駆け寄った。健康的な若者リュクは、滑って足を骨折した兄弟のパスカルを見捨てなかったのだ。

「とても勇敢だったわね」押し寄せる波をうちのドアで封印してから、あたしは言った。

「たいしたことない」リュクは言った。「愛している者を置き去りにできるものか」

ふたりはパスカルの足が治るまで、あたしたちの元に一カ月滞在した。

リュクとあたしはたがいの瞳を何度も見つめあった。そしてぐらつく塔の上にあるわが家の壁に満潮時の波がぶつかってくる大きな音に耳を澄ませた。パパは家の形を一組のナイフのように設計しており、そのためやってくる波は鋭い刃先で分かれ、被害をもたらさずに流れていくのだった。

「おれたちといっしょにこい」リュクは言った。

あたしは彼の目を覗きこみ、潮流に縛られない未来、暗く密封された部屋に押しこまれない未来を思い描いた。

だが、そのとき、あたしはパパのことを考えた――日に日に白くなっていく髪の毛、月を追うごとに小皺が刻まれていく顔、年を追うごとに丸くなっていく背中のことを考えた。

「行けない」あたしは言った。そして重力のように確実な愛の絆を感じた。

塔に高さを加えるのがますます難しくなっている。満潮時には、塔は束になった海藻《ケルプ》のように揺れ、かろうじて家を波の上に持ち上げていた。

「妻を奪ったほどのものではない」パパはつぶやいた。次に、大きく、圧倒的で、眩い月に向かって笑い声をあげた。「恐れはせん！」パパは叫んだ。

張力と金属疲労を心配するかわりにあたしはパパを強く抱き締めた。

パパはあたしを見て、沈んだ表情を浮かべた。


「世界を救う準備はいいか？」ドアを密封したあとでパパは訊く。「カスタード・パイみたいに月を切り分けてやるぞ、おまえとパパとでな。もう潮の満ち干はなくなる」

流線形の宇宙船みたいに飛べるようにこっそり家を改造してきたのだとパパはあたしに告げる。

「ときどき、われわれは愛しすぎるんだ、月が地球を愛しているようにな」と、パパ。

パパはあたしをストラップで縛りつける。大きな爆発があり、あたしはベッドに強く押しつけられ、そこで気を失う。

窓の外、家のほかの部分が見える。ナイフの束が月に向かって飛んでいく。

だけど、あたしは家の分かれた部分にいる。あたしの船――というのも、まさにここがそれだった——は、月から離れ、ほかの世界を目指している。

「いや」あたしは叫んで、窓をドンドンと叩いた。

あたしが見捨てないことをパパは知っていたのだ。あたしを切り離すことがあたしに未来を与えるたったひとつのやり方だとわかっていた。

あたしは目をつむり、パパのナイフの家が月にぶつかるのを待つ。重力や運動量や速度を考えるかわりに、月が百万ものかけらに切り分けられるところを想像する。ひとつひとつのかけらは、鋭く切り立ち、ぎざぎざで、愛のように甘く、そして重いのだ。

# 選抜宇宙種族の本づくり習性

*The Bookmaking Habits of Select Species*

大宇宙の知的種族すべてを対象にした決定的な調査は存在していない。どんな資質をもって知的と見なすのかについて議論が何度も繰り返されているだけでなく、星が生まれて死ぬのとおなじくらいいたるところ、さまざまなときに文明は興亡を繰り返している。時間がすべてをむさぼり食う。

それでもどの種族も世代を越えてその智慧を伝える独自の方法を持っている。自分たちの考えを明白に、確実にする方法を、抗いがたい時の流れに対する防波堤のように、つかの間、凍り付かせる術を持っている。

だれもが本をつくる。

## アレーシャン族

書くことはたんに話すことを可視化したものだと言う者がいる。しかし、その見解は視野が狭いことをわれわれは知っている。

音楽的な種族、アレーシャン族は彼らの細くて堅い口吻《こうふん》で、蠟《ろう》や硬化させた粘土を薄く塗って覆った金属タブレットのような可塑性の表面を擦《こす》ることで書く（裕福なアレーシャン族は鼻の先端に貴金属製のペン先をつけていることがままある）。書き手は書きながらおのれの考えを口にする。そうすると口吻が上下に震動して、表面に溝を刻むのだ。

このように刻まれた本を読むには、アレーシャンは鼻をその溝に押し当てて擦る。繊細な口吻が溝の波形に合わせて震動し、アレーシャンの頭蓋内の空洞が音を増幅する。そうすることで、書き手の声が再現される。

アレーシャンたちは、自分たちはほかのあらゆる種族よりも優れた筆記システムを持っていると信じている。アルファベットや音節文字や表語文字で書かれた本と異なり、アレーシャンの本は言葉だけでなく、書き手の口調や声や抑揚や強調やイントネーションやリズムまで写し取っている。楽譜であると同時に録音でもある。スピーチはスピーチのように、挽歌は挽歌のように、物語は語り手の息もつけなくなるような昂奮を完璧に再現する。アレーシャン族にとって、読書は文字通り、過去の声に耳を傾けることである。

だが、アレーシャンの本の美しさには代償がある。本を読む行為には柔らかな可鍛性《かたんせい》の表面に物理的に接触する必要があることから、テキストが読まれるたびに損傷を受け、原本の一部が元通りにならないほど失われてしまうのだ。より耐久性の高い素材によって作られた写本は、当然のことながら書き手の声の機微をかならずしもすべてとらえることはできず、そのため敬遠されている。

文芸遺産を保存するために、アレーシャン族は、貴重な原本を入館制限のついた図書館に厳重に保管せざるをえず、入館を許可された閲覧者はほとんどいない。皮肉なことに、アレーシャンの作家のもっとも重要で美しい作品はめったに読まれず、特別なセレモニーで読まれた音源を聴いたあとで新しい本に原本を再現しようとする写本制作者の解釈を通じてのみ知られている。

もっとも影響力の大きな作品には、数百、数千の解釈本が出回っており、それらは新しい写本を通して解釈され、量産されていく。アレーシャンの学者は、競合する版の相対的真正性を議論し、数多くの不完全な写本に基づいて、先人の想像上の声、すなわち読者に汚されていない理想の本を推論して、自分たちの時間の多くを費やしている。

## クァツオーリ族

クァツオーリ族は、考えることと書くことがまったくの別物だとは信じていない。

彼らは機械的存在の種族である。彼らが別の（より古い）種族の機械的創造物としてはじまったのか、彼らの機械殻のなかにはかつて有機体だった一族の魂が宿っているのか、あるいは不活性物質から独自の進化を遂げたのか、わかっていない。

クァツオーリ族の体は銅でできており、砂時計のような形状をしている。彼らの住む惑星は三つの星のあいだを複雑な軌道を描いて周回しており、強大な潮汐力にさらされ、金属核が溶けて渦巻き、蒸気を発する間欠泉と溶岩湖の形で地表に熱を発している。クァツオーリは、一日数回、水を下方室から取り入れ、泡立つ溶岩湖に定期的に浸かることでこの小室でゆっくりと水を沸騰させて蒸気に変える。蒸気は調整弁——砂時計の細い部分——を通って、上方室に入り、そこでこの機械生物を動かすさまざまなギアやレバーに動力を与える。

その作業サイクルが終わると、蒸気は上方室の内部表面に当たって冷えて、液化する。水の雫は銅に刻まれた溝に沿って流れ落ち、集められて一定の流れになり、炭酸塩鉱物を豊富に含んだ多孔性の石のなかを通り抜けて、体の外に捨てられる。

この石がクァツオーリ族の心のありかである。この石の臓器には、数千、数百万の複雑な水路が埋まっており、水はこの無数の細い平行した流れの迷路にわかれて流れ、滴り、絡み合って単純な値を表し、それが合わさって、意識の流れを作り、思考の流れとして現れる。

長い時間をかけ、石のなかを流れる水のパターンが変化する。比較的古い水路がすり減って無くなるか、詰まって閉ざされる——そしていくつかの記憶は忘れ去られる。新しい水路が造られ、以前は離ればなれだった流れをつなぎ——顕現《エピファニー》だ——そこから出発した水は、石のもっとも若い末端であらたな鉱物を蓄積させ、そこでできるまだ安定しない、もろくてとても小さな鍾乳石はもっとも新しくもっとも新鮮な思考になる。

クァッオーリ族の親が子どもを炉のなかで作るとき、その締めくくりとして、みずからの石の心の一部を子どもに贈る。受け取ってきた智慧とあらかじめ出来上がっている思考をひとまとめにしたもので、それが子どもに生をはじめさせる。子どもが経験を積むにつれ、石の脳はその核のまわりに大きくなっていき、いっそう複雑で精妙なものになり、最後には、お返しに自分の子どもたちに使わせるためにその心を分割する。

そんなわけで、クァッオーリ族は彼ら自身が本なのである。おのおのが自分の石の脳のなかに、祖先から蓄積された智慧の詰まっている記録を持っている——数百万年の浸食を生き延びてきたもっとも耐久力のある思考だ。個々の心は数千年期を経て受け継がれてきた核から育ち、すべての思考が読みかつ見ることができる痕を残している。

宇宙のかなり乱暴な種族、たとえばヘスペロー族のような種族のなかには、クァッオーリ族の石の脳を集め、記憶を引き出すのを楽しみにしていたものもいた。彼らの博物館や図書館には、その石がまだ展示されている——たんに「古代の本」とラベルが貼られていることがよくある——けれども、たいていの訪問者にはもはやあまり意味がない。

書かれたものと思考を分けることができるため、征服種族は、傷や征服したときの考えを残さずに記録しておくことができた。もしそれが残っていたなら、自分たちの子孫を身震いさせたであろうに。

だが、石の脳はガラスケースのなかにとどまって、ふたたび読まれ、生きることができるよう、乾いた水路を流れる水がやってくるのを待っている。

## ヘスペロー族

ヘスペロー族はかつて自分たちの話し言葉の音を表す一連の記号を用いて書いていたが、現在ではもはやまったく書いていない。

彼らヘスペロー族は書くことと複雑な関係を昔からつづけてきた。彼らの偉大な哲学者たちは書くことを信用していなかった。彼らは考えた――本は生きている心ではないのにそのふりをしている、と。本はもったいぶった意見の表明をし、道徳的判断を下し、歴史的事実とされていることを述べ、あるいはわくわくする物語を語り……それなのに実在の人物のように訊問できず、批判者に答えることができず、あるいはその記述を証明できない。

記憶の変化を信頼できなくなったときにのみ、ヘスペロー族は自分たちの考えを渋々書き記した。彼らはスピーチや演説や美辞麗句や討論といった一過性のものと生きるほうをはるかに好んだ。

一時期、ヘスペロー族は獰猛で残酷な人々だった。討論をするのは大好きなのだが、戦争の栄光のほうをはるかに好んだ。彼らの哲学者たちは、自分たちの征服と虐殺を前進運動の名のもとに正当化した——戦争は、はるか昔から伝えられてきた静的テキストに埋めこまれた理想に生命を吹きこみ、静的テキストを確実に真実のままにさせ、静的テキストを未来のために改良するための唯一の方法だった。ひとつの意見はそれが勝利を導くときにのみ維持していく価値があった。

精神を保存し、マッピングする秘密をついに発見したとき、ヘスペロー族は書くことをまったくやめてしまった。

偉大な王や将軍や哲学者が死ぬまえの瞬間に、彼らの精神は弱りゆく肉体から摘出される。すべての荷電イオン、すべての逃げていく電子、すべてのストレンジ・クォークとチャーム・クォークは、とらえられ、結晶母体に投じられる。こうした精神は元々の持ち主から離れたその瞬間に永遠に凍らされる。

この時点で、マッピングのプロセスがはじまる。慎重に、細心の注意を払って、地図制作の匠を集めたチームが、数多くの弟子の協力を得て、無数の極微の支流や印象や拗をひとつずつたどり当てる。それらは混ぜ合わさって思考の満ち干になり、最後にはまとまって潮汐力に、すなわち、元々の考えの持ち主をとても偉大なものにしている意見の集合体になっている。

いったんマッピングが終了すると、たどり当てられた道のその先の軌道を導きだす計算をはじめる。そうすることで次の思考をシミュレートするのだ。凍結した偉大な精神が未来の広大で暗い未知の領域に向かうコースを地図に描くのに、ヘスペロー族のもっとも聡明な学者たちは全精力を傾注する。彼らは人生最良の時をこの作業に費やし、彼らが死ぬとき、彼らの精神は見返りとして、同様に地図にされて永遠に未来まで残される。

このようにして、ヘスペロー族の偉大な精神は死ぬことがない。偉大な精神と会話を交わすには、ヘスペロー族は精神地図に書かれている答えを見つけるだけでいい。かくして彼らはかつて造っていたような本をもはや必要としていない——本はたんなる死んだ記号にすぎない——というのも、過去の智慧はつねに彼らとともにあり、いまもまだ考えており、いまもまだ導いてくれ、いまもまだ探索をつづけているのだ。

そして時間と資源をますます古代の精神のシミュレーションに費やすことで、近隣種族に多大なる安堵をもたらしたのだが、ヘスペロー族も好戦的ではなくなってきた。ひょっとしたら、本のなかには、礼儀作法を身につけさせる影響力を持っているものがあるというのは真実なのかもしれない。

## タル＝トークス族

タル＝トークス族は、自分たちが書かなかった本を読む。

　彼らはエネルギーの生物である。エーテルめいた、次々と変わる電位のゆらぐパターンとして、タル＝トークス族はぼんやりとしたリボンのように星々のあいだに浮かんでいる。ほかの種族の恒星間宇宙船が通過すると、船はかすかに穏やかな引きを感じる。

　タル＝トークス族は宇宙にあるすべてを読むことができると主張している。個々の恒星は生きているテキストであり、星表面の黒点を句読点に、コロナの輪は拡張された修辞的表現に、フレアは冷たい宇宙空間の深い沈黙のなかで真実のように響く強調句にして、超高温ガスの大量対流電流が壮大なドラマを語る。個々の惑星は詩を内含している。むき出しの岩核の荒涼として角の立った、スタッカートの韻律で書かれた、あるいは渦巻くガス惑星の——男性的でありなおかつ女性的な——抒情詩調の、いつまでもつづく豊かな押韻で書かれた詩を。そして生命を宿した惑星がある。それは宝石をあしらった複雑な時計仕掛けのように構成され、終わりなく反響と反響の返しを繰り返す自己言及的な何層もの文学装置を含んでいる。

　しかし、タル＝トークス族がもっとも偉大な本が見つかる場所であると主張しているのは、ブラックホールのまわりの事象の地平線である。無限の宇宙図書館を拾い読みしていくのに飽きると、ひとりのタル＝トークスはブラックホールに向かって漂う。彼女が帰還できない地点に向かって加速していくにつれ、ガンマ線とX線の奔流が、究極の謎をどんどん解き明かしていく。その謎をまえにして、ほかのあらゆる本はたんなる注解にすぎない。その本はなによりも複雑でニュアンスに富んでいる正体を現し、タル＝トークスが読んでいる本の途方もなさにいまにも圧倒されようとしたそのとき、彼女は時間が遅くなり、停まろうとしているのを驚きとともに悟る。彼女はけっしてたどり着くことのない中心に向かって永遠に落ちていきながら、その本を読む永遠の時を手にするのだ。

ついに一冊の本が時に勝利を収めた。

むろん、そのような旅から戻ってきたタル＝トークス族はひとりもおらず、ブラックホールを読むという彼らの議論を純粋な神話だと切って捨てる向きも多い。まさしく、タル＝トークス族はおのれの無知を隠すため神秘主義に頼る無教養なペテン師にほかならぬとみなしているのだ。

とはいえ、われわれのまわりのいたるところに見えているとタル＝トークス族が主張する自然の本の解釈者としてタル＝トークス族を捜し求めている者も一部にはいる。かくして生みだされた解釈は、数限りなく、たがいに矛盾し、その本の中身と——とりわけ——作者についての果てしない議論を生んでいる。

**カル，イー族**

壮大なスケールで本を読んでいるタル＝トークス族と対照的に、カル，イー族は、極微の読者であり書き手である。

身の丈小さく、個々のカル'イー族はこの一文の末端にある句点と変わらぬ大きさである。宇宙を旅するなかで、彼らはほかの種族から、意味をすべて失い、もはや書いたものたちの子孫のだれも読めなくなった本をひたすら手に入れようとする。

印象の薄い大きさゆえに、カル'イー族を脅威とみなす種族はほとんどなく、彼らはまずなんの問題もなく求めるものを手に入れることができる。たとえば、カル'イー族の要請を受けて、地球人は彼らに線文字Aの刻まれた粘土板や壺、キープと呼ばれる結縄の束、もはやだれも解読方法を知らないさまざまな古代の磁気ディスクやキューブを渡した。ヘスペロー族は、征服戦争を終えたあとで、クァッオーリ族から略奪した本であると信じていた古代の石をいくつかカル'イー族に与えた。そして、香りと味で書く、孤独好きのアントゥ族ですら、香りが薄れてしまい読めなくなった古いなんの変哲もない本をいくつかカル'イー族に持たせることを許した。

カル'イー族は獲得したものを解読するような努力をまるでしない。彼らは、それらのいまでは意味を失った古い本を、自分たちの洗練された風変《バロック》わりな街を築くためのなにもない空間として利用する目的でのみ求めている。

壺や粘土板に刻まれた線は、大通りに変えられ、壁面にはハニカム構造の部屋がひしめいて、元々あった輪郭にフラクタルな美しさを加えていた。結ばれた縄の繊維はばらばらにほどかれ、顕微鏡レベルで織り直され、結び直され、個々の元々の結び目は、数千のより小さな結び目を複雑怪奇《ビザンチン》に合わせたものに変えられ、ひとつひとつがカル’イー族の商人にとってまず手をつけるのに都合の良いキオスクになったり、若いカル’イー族の家族用の部屋が密集している建物になったりしていた。一方、磁気ディスクは、娯楽アリーナとして用いられた。若者や冒険好きの者たちが昼間、磁気ディスクの表面でふらふら揺れながら走り、限定的磁位の絶えず変化する斥力や引力を楽しんでいた。夜になると、そこは磁力とずいぶん昔に死んだデータの流れに沿って建てられた小さな照明に照らされる。明かりは、愛を求め、繋がりを目指す何千もの若者たちのダンスを照らしだす。

とはいえ、カル’イー族がまったく解釈をしていないというのは正確ではない。そうした文化遺物をカル’イー族に与えた種族の一員が訪問すると、彼らは否応なくカル’イー族の新しい建造物にある種の親しみを覚える。

たとえば、地球の代表使節たちがキープに作られた大マーケットを案内されたとき、一行は——顕微鏡を使用することで——活気のある活動や盛況な商売、数字や会計や値や通貨が間断なくつぶやかれているのを観察した。地球の代表使節のひとり、かつて結縄本を結んでいた人々の子孫は、驚いた。彼は読むことはできなかったが、キープが勘定や数字の記録をつけ、税を計算し、元帳をつけるために利用されていたのを知っていたからだ。

あるいは、クァッツオーリ族のひとりを例にとろう。彼はカル’イー族がクァッツオーリ族の石脳のひとつを研究施設に転用していることに気づいた。古代の水の思考がかつて流れていた小さな部屋や水路が、現在では研究所や図書館や教室、新たな考えが響き渡っている講堂になっていた。クァツォーリ族の代表団は、自分たちの祖先の精神を回収するためにやってきたのだったが、すべてそのままで申し分なしと確信して退去した。あたかもカルィー族は、過去からの反響を知覚でき、無意識のうちに、はるか昔に書かれ、はるか昔に忘れられた本の再利用羊皮紙《パリンプセスト》の上に建物を築いていると、たとえどれほどの時が経っても失われることのない意味の本質にたまたま出くわしたかのようだ。

彼らは自分たちが読んでいることを知らずに読んでいる。

まるで広大な暗い海に浮かぶ泡のように、冷たく深い宇宙の虚空に意識の嚢《のう》が光る。転がり、移動し、加わり、割れながら、青光りする螺旋状の光跡をあとに残していく。ひとつひとつの嚢が、署名のように唯一無二であり、それは目に見えない上面に向かって力強く上昇していく。

だれもが本をつくる。

# どこかまったく別な場所で<br>トナカイの大群が

*Altogether Elsewhere, Vast Herds of Reindeer*

あたしの名前はレネイ・タイ＝O・〈星〉〈鯨〉・フェイエット。六年生だ。

きょうは学校がない。とはいえ、きょうが特別なのはそのせいじゃない。そわそわしているけど、まだそのわけは言えない。言っちゃってダメにしたくないんだ。

いまは友だちのセーラとふたりで、あたしの部屋で宿題に取り組んでいる。

あたしはまだ自分の世界を作れるほど大きくないけど、親たちにもらった世界にとても満足している。部屋はクラインの壺になっていて、窮屈な思いは少しもせずにすんでいる。温もりのある黄色い光が室内を充たし、無限の彼方に向かって徐々に薄れていく。この部屋は時代遅れだ。古い物質世界を匂わせようとしていた何年もまえのころのデザイン。でも、なめらかで、果てしない表面が安心感を与えてくれる。よりどころがあり、包まれていると同時に外部にも通じている。セーラん家《ち》の彼女の部屋よりずっといい。あそこはヴァイアーシュトラスの〝楕円曲線〟になっている——つまり、いたるところ連続しているけれども、どこでも微分不可能。どんなにそばで見たところでギザギザのフラクタルになっている。確かにとても現代的だけど、セーラの部屋を訪れて居心地がよかったためしがない。だから、セーラがうちにくるほうがはるかに多いんだ。

「万事順調かい？　なにか要るものはある？」とパパの声。

パパは入ってきて、部屋の表面に落ち着く。この四次元空間にパパの二十次元像が投影されたものは、まず点としてはじまって、次第に輪郭になっていく。ゆっくりと脈打ち、明るく、金色に輝きつつも、少しぼんやりしている輪郭。パパは上の空の様子だったけど、あたしは気にしない。パパはインテリアデザイナーだ。ヒューゴー〈←〉〈→〉フェイエット&Z・E・〈中〉〈麗〉・ペイ社への仕事の依頼はひきもきらず、パパは依頼主たちが夢の世界を築く手助けに四六時中追われている。だけど、あたしと過ごす時間がろくにないからといって、パパがいい親ではないわけじゃない。とはいえ、はるかに高次の次元で働くのにすっかり慣れているため、パパにとって四次元はとても退屈なところなんだ。でも、パパはあたしの部屋をクラインの壺で設計してくれた。四次元環境で成長するのが子どもにとって最適だというのが専門家の意見だから。

「ばっちしだよ」セーラとあたしはいっしょに返事を頭に浮かべる。パパはうなずいたけど、おたがいの不安の理由をいっしょに考えたいと思っているのがわかる。でも、セーラがここにいるので、その話を持ち出せないとパパは感じている。しばらくして、パパはかき消えた。

あたしたちが取り組んでいる宿題は、遺伝と系譜に関するもの。きのう学校でバイ博士《せんせい》に、意識を構成アルゴリズムに分解するやり方を教わった。さらにルーティーンとサブルーティーンにブレイクダウンしていき、個別の命令に、基本コードにたどり着くまで分解していくんだ。そのあと、バイ先生は、あたしたちの親たちがそれぞれ、そうしたアルゴリズムの一部をどのようにあたしたちに与えたのか、その方法を説明した。あたしたちが生まれる過程で、そのルーティーンを再結合させ、シャッフルし、あたしたちが完全な人格を持つまでにする。宇宙にあらたに誕生する幼い意識になるまで。

「気持ちわりー」セーラが思った。

「ちょっとかっこいいじゃん」あたしは思いにして返した。八人の親それぞれから一部をもらったと考えるとすてきだった。個々のパーツは変えられ、あたしのなかに再結合されて、みなまったく異なるものになっていたとはいえ。

あたしたちの宿題は、自分たちの家系図を作ることだ。先祖をたどっていき、もし可能なら、はるか古代人までたどりつけばいい。あたしの家系図のほうがずいぶん楽。だって、八人しか親がいないから。そのまえの世代になるともっと少なくなる。だけど、セーラは十六人も親がいて、その段階でかなり家系図がみっちり詰まっている。

「レネイ」パパが話に割りこんできた。「お客さんだ」パパの輪郭はいまやぼんやりしたものではまったくなくなっていた。思考の調子はぐっと抑えられたものになっている。
三次元の女性がパパのうしろから姿を現す。その姿は高次の次元からの投影ではない――彼女はわざわざ三次元を越えることはけっしてしない人だ。あたしの四次元世界では、
彼女の姿は平面的で、実体を欠いているように見える。教科書に載っている昔の日々を描いたイラストのようだ。だけど、彼女の顔は記憶にあるよりずっと愛おしい。あたしが眠りに落ちるとき、夢に見る顔だ。きょうがほんとに特別な日になった。
「ママ！」あたしは思う。その思考の調子があたしを四歳児のように見せてもかまわなかった。

ママとパパは最初、あたしのためにある考えを抱いた。ふたりは友人たちに協力を求めた。彼ら全員のごく一部をこの子に与えてください、と。思うに、数学の才能はハンナおばさんからもらったものだ。がまん強さはオコロおじさんから。なかなか友だちを作らないのは、リタおばさんとおなじ。几帳面なのは、パン＝レイおじさんそっくり。だけど、大半はママとパパからもらった。あたしの家系図では、パパとママの枝をいちばん濃く描いた。

「長く滞在するのかい？」パパが質問を思い浮かべる。

「しばらくここにいるわ」ママが答えを思い浮かべる。「この子に伝えたいことがいくつかあるの」

「寂しがっていたぞ」パパが思う。

「ごめんなさい」ママは謝る。一瞬、笑みを湛えていられなくなった。「あなたはこの子にすばらしい仕事をしてくれた」

パパはママを見る。パパには伝えたい思いがもっとあるように見えたけど、うなずいて、背を向けた。輪郭が薄れていく。「立ち寄ってくれ……きみが去るまえにさよならを告げにきてくれ、ソフィア。まえのようにいきなり姿を消さないでほしい」

ママは古代人だ。シンギュラリティ以前の存在。この宇宙でたった数億人しかいない。ママはアップロードされるまえ、生身で二十六年間生きていた。ママの親は――たったふたりの親しかいない――最後までアップロードされなかった。

あたしの分割兄弟たちは、古代人を親として持っていることで、ときどきあたしをからかう。古代人と一般人との結婚は滅多にうまくいかず、ママがあたしたちを置いて出ていったのは驚くことじゃない、と言う。だれかがそんなことを思いにして伝えてくるたび、あたしは猛烈に反発したので、やがて、だれも言わなくなった。

セーラは古代人と会えて昂奮していた。ママはセーラにほほ笑みかけ、親御さんたちはお元気と訊ねる。セーラが親たち全員を挙げて、近況を伝えるのにしばらくかかった。

「たぶん出てったほうがいいみたいね」セーラが思いを伝えてくる。さっきから追っ払おうとやっきになってほのめかしていたのにようやく気がついてくれた。

セーラが去ると、ママがそばにきた。あたしはハグしてもらう。あたしたちのアルゴリズムがからみあう――クロックを同期させ、双方のスレッドがおなじセマフォに依拠する。ひさしぶりだけど、まだ忘れていないママの思考のリズムにあたしは自分をゆだねる。ママも自分のリズムであたしを優しくなでてくれる。

「泣かないで、レネイ」ママは考える。

「泣いてない」あたしは泣き止もうとする。

「思っていたほどあなたは変わっていないな」

「ママがずっとオーバークロックしていたからよ」ママはデータ・センターに住んでいない。はるか南の南極リサーチ・センターに暮らし、働いている。そこではごく少数の古代人科学者たちが余分なエネルギーを使用する特別許可を得て、オーバークロックされたハードウェア上で一年じゅう暮らし、大半の人類の思考速度の何倍もの速さで思考している。ママにとって、ほかのあたしたちはスローモーションで暮らしており、一年まえ、小学校を卒業したあたしに会いにきたときから、ママにしてみれば長い時間が経っていた。

あたしは受賞した数学の賞と、自前のあたらしいベクトル空間モデルをママに見せる。

「数学の成績はクラスで一番なんだ」あたしはママに伝える。「二千六百二十一人の生徒のなかでだよ。自分とおなじくらいすぐれたデザイナーになる才能があたしにはある、とパパは思ってるんだ」

ママは昂奮してまくしたてるあたしに笑みを浮かべ、自分が幼い子どもだったころの話をしてくれた。ママはとても話し上手で、ママが肉体に閉じこめられてこうむった損失や苦難がありありと想像できた。

「ぞっとするなあ」あたしは思う。

「そうかな？」ママはしばらく黙る。「あなたにはそうかもしれないな」

するとママはあたしをまっすぐ見つめた。ママの顔にはあまり見たくなかった表情が浮かんでいる。「レネイ、あなたに話さなきゃいけないことがあるの」

前回、その表情を浮かべたとき、ママは、あたしたち家族の元を去らなければならないのだ、と告げた。

「申請していた研究計画が承認されたの」ママは考える。「ロケットに燃料を充塡する許可をやっと手にいれた。一ヵ月後に探測機を打ち上げる。探測機は二十五年後にグリーゼ581に到着する。生命が存在している可能性のある惑星を持つもっとも近い星に」

探測機は人間の意識を内包できるロボットを運ぶのだとママは説明してくれた。探測機があらたな惑星に着陸すると、地球に向けたパラボラアンテナを設置し、無事着陸したことを地球に知らせるための信号を送る手はずになっている。こちらがその信号を受信すると——さらに二十年後だ——宇宙飛行士の意識が強力送信機によって無線で探測機に送られる。意識が光速で宇宙の虚空を横断するのだ。向こうに到着すると、宇宙飛行士の意識はロボットに実体化し、新しい世界を探索する。

「わたしはその宇宙飛行士になるの」ママは思いを伝えてくる。

あたしはいま言われたことを理解しようとする。

「ということは、もうひとりのママが向こうで暮らすことになるわけ？　金属の身体に包まれて？」

「いいえ」ママは優しく思いにする。「オリジナルを破壊せずに意識の量子コンピュテーションを複製することはいままで一度もできていない。別世界にいくのは、わたしの複製じゃないの。わたし自身になる」

「それで、ママはいつ帰ってくるの？」

「戻ってこないわ。意識を送信し返せるくらい巨大で強力な送信機をあらたな惑星に送れるほどの反物質を、わたしたちは所持していない。小さな探測機を送るための燃料を製造するだけで、何百年もかかり、途方もない量のエネルギーが必要だったの。惑星探索で集めたデータは可能なかぎりたくさん送り返すつもり。だけど、わたしは永遠に向こうにいることになります」

「永遠に？」

ママはいったん黙ってから、発言を訂正した。「探測機は、高品質なものになり、ある程度の期間、もつでしょうけど、最終的には壊れてしまうでしょうね」

残りの半生をロボットのなかにとらわれてしまうママのことを思う。異世界で朽ち果て、錆び、壊れてしまうだろうロボットのなかに。ママは死ぬのだ。

「じゃあ、あとたった四十五年しかいっしょにいられないんだ」あたしは思う。

ママはうなずく。

四十五年なんて自然な人生の長さ――永遠――に比べれば、まばたきするほどの一瞬にすぎない。

つかのま、あまりに頭にきたので、なにも考えられなくなった。ママはいまより近づいてこようとしたけど、あたしはあとずさる。

やっとなんとか問いかける。「どうして？」

「探険は人類の運命なの。わたしたちは種として成長しなければならない。あなたが子どもから成長していくのとおなじように」

わけわかんない。あたしたちには探険すべき限りない世界がある。ここデータ・センターの宇宙のなかに。だれもが自分の世界を創造できるんだ。もし望めば、自分の多元宇宙《マルチヴァース》すら創れる。学校で、複雑な四元数ジュリア集合のなかを探険し、ずんずん奥まで入っていったことがある。とても美しく、異質で、そのなかを飛んでいるあいだ、身震いした。パパは多くの家族に力を貸して、あたしが上っ面すら理解できないほどの多次元世界の設計をしている。たとえ人生が無限につづいていくとしても、一生のあいだに享受できないほどたくさんの小説や音楽や絵がデータ・センターに収まっている。それとくらべて、物質世界のたったひとつの三次元惑星がどれだけのものを提供できるわけ？

自分の思考をうちに留めておいたりしなかった。ママにこの怒りを感じてほしかった。

「いまでも溜息をつければいいのに」ママは考える。「レネイ、おなじじゃないの。数学の純粋な美しさや想像力が見せる光景はとてもすてきなものだけど、それらは現実のものじゃない。仮想実体が永遠のものになって以来、大切なものが人類から失われてしまった。わたしたちは内向きになり、自己満足してしまった。星々やそこにある世界のことを忘れてしまったの」

あたしは返事をしなかった。また泣いたりしないようにこらえている。

ママは顔をそむけた。「あなたにどうやって説明したらいいのかわからない」

「出ていきたいから出ていくんでしょ」あたしは思う。「ほんとはあたしのことなんかどうでもいいんだ。大嫌い。もうママの顔なんか見たくない」

ママはなにも考えに表さなかった。少しまえかがみになる。ママの顔は見えないけど、ほとんどわからないくらいその肩が震えている。

とても頭にきていたけれど、あたしは手を伸ばし、ママの背をさすった。ママにきつく当たるのはいつだって難しい。パパから受け継いだことにちがいない。

「レネイ、わたしといっしょに旅行にいかない?」ママは思いにする。「リアルな旅行に」

「機体のフィードにタップインして、レネイ。離陸します」ママがあたしに告げた。

あたしはタップインした。つかのま、心に一気に流れこんでくるデータに圧倒される。あたしは補修用飛行艇のカメラとマイクに接続する。ふたつの装置は、光と音声をあたしの慣れ親しんでいるパターンに翻訳して伝えてくれる。だけど、あたしは高度計とジャイロスコープと加速度計にもタップインしており、それによってもたらされる馴染みのない感覚は、いままでに経験した感覚とはまるで異なるものだ。

カメラは離陸するあたしたちを映している。下にデータ・センターの姿。白い氷原の中央にある黒い立方体だ。あれが家。この宇宙にあるすべての世界のハードウェア的礎《いしずえ》。その壁は小さな蜂の巣状の穴で貫かれており、熱いシリコンとグラフェンの層を冷却するため、冷気が流れるようになっている。その層は、あたしの意識パターンや、ほかに三千億人の人間の意識パターンを形成する、びゅんびゅん飛びまわる電子でいっぱいになっている。

さらに高度を上げると、北極海のスヴァールバル諸島にある町、ロングイールビュエンのオートメーション工場である、もっと小さな立方体の群れが見えてくる。加えて、アドヴェント湾の濃い青色の海面とそこに浮かぶ氷山が見える。データ・センターは浮かんでいる氷山を小さく見せるくらい大きいけど、湾《フィヨルド》はそのデータ・センターをちっぽけに見せている。

あたしは自分が物質世界を実際に経験したことがなかったのを悟った。このあらたな感覚がもたらす衝撃は、〝息を呑むほど〟と、ママなら思うだろう。あたしはこういう古風な表現が好きだ。それがどういう意味なのかかならずしもいつも完全に理解しているわけじゃないけれど。

この動きの感覚にはくらくらする。こういうのが肉体を持つ古代人でいるということなんだろうか？　大地につなぎとめようとする重力の目に見えない紐に引かれるこの感覚はなに？　とても制約を強いられている気がする。

でも、同時にとても楽しい。

機体のバランスを保つための計算をどうやれば頭のなかでそんなにすばやくできるの、とあたしはママに訊く。重力に逆らって浮かんでいる飛行艇を安定させるために必要な動的フィードバック計算はとても複雑で、あたしはまったく追いつけないでいる——数学は大得意だというのに。

「あら、勘でやってるのよ」ママは思う。そして笑う。「あなたはデジタル生まれだものね。立ち上がって、バランスを取ろうとしたことなんかないでしょ？　ほら、ちょっと替わってみて。飛ばしてみなさい」

予想していたよりずっと簡単だった。いままでその存在に気がついたことのなかったあたしのなかのなにかのアルゴリズムが作動した。曖昧だけど効率的に働く。そして、重心の移動と、平衡を保ったままの推進方法が感覚的にわかった。

「ほら、やっぱりあなたはわたしの娘だ」ママは思う。

物質世界で飛行するのは、n次元空間をふわふわ飛んでいくのよりはるかによかった。そもそも比べものにならない。

あたしたちの笑い声にパパの思考が突然割りこんできた。パパはあたしたちといっしょにいるのではなかった。コムリンクを通じて、思考がやってきたのだ。「ソフィア、きみたちが出ていったというメッセージを受け取った。いったいなにをしているんだ？」

「ごめんなさい、ヒューゴー。許してくれる？　もうこの子と二度と会うことがないかもしれないの。できるものなら、この子に理解させたいの」

「その子は一度も乗り物に乗ったことがないんだぞ。無茶だ――」

「出発まえに飛行艇のバッテリーがフル充電されていることを確認しています。それに使用するエネルギーの量には細心の注意を払うと約束するわ」ママはあたしを見た。「この子の命を危険にさらしたりしません」

「補修用飛行艇が無くなっているのに当局が気づいたら、きみを追いかけていくぞ」

「飛行艇を利用した休暇《サバティカル》を申請して、承認されました」ママは笑みを浮かべながら考える。「死にゆく女性の最後の願いを拒みたくないでしょう」

コムリンクがしばらく静まった。やがてパパの思考が伝わってくる。「きみにダメだと一度も伝えられないのは、どうしてなんだろうな？　どれくらいかかる？　娘は学校をサボることになるのかい？」

「長い旅になるかもしれない。でもその価値はあると思う。あなたはこの子を永遠に手元に置けるでしょ。わたしに残された時間、少しだけこの子といっしょにいたいだけ」

「気をつけてくれ、ソフィア。愛しているよ、レネイ」

「あたしも愛してる、パパ」

乗り物のなかに実体化するのは、人が滅多にしない経験だ。まず第一に乗り物自体きわめて少ない。ちっぽけな補修用飛行艇でさえ、一日飛ばすのに必要なエネルギーで、データ・センター全体を一時間稼働させることができる。資源節約は人類の最重要義務だ。

そのため、維持管理と修復用ロボットのオペレーターだけが定期的に実体化しているけど、デジタル生まれのたいていの人はそうした仕事を滅多に引き受けない。あたし自身、実体化に興味を抱いたことはいままで一度もなかった。だけど、実際に飛行艇のなかに実体化しているいま、とてもわくわくしている。それはママから受け継いだあたしのなかの古代人部分にちがいない。

あたしたちは海上を飛び、ついでヨーロッパの野生の森の上を飛んだ。オークや松、トウヒが聳《そび》えている。ところどころ、ひらけた草原があり、動物の群れが見える。ママが群れを指さし、名前を教えてくれる。ヨーロッパバイソン、オーロクス、ターパン、ヘラジカ。「ほんの五百年まえ」ママは思いを伝えてくる。「ここはみんな農地で、人の手を借りないと育たない少数の植物のクローン種でいっぱいだったの。そうしたインフラのすべてが、惑星全体の資源が、たかだか数十億人の人間を養うだけのために費やされていた」

あたしは信じられない気持ちでママを見る。

「遠くにあるあの丘が見える？ トナカイがいるでしょ？ あそこはモスクワと呼ばれた大都市だったの。モスクワ川の氾濫に覆われ、泥のなかに沈むまえは。シンギュラリティのはるかまえに亡くなったオーデンという古代人が作った詩を覚えている。「ローマの没落」という題の詩」

ママはその詩が醸し出すイメージをあたしとわかちあってくれる――トナカイの群れ、黄金の原野、人けのない都市群、雨、降り止まぬ雨、この世の抜け殻への優しい抱擁。

「美しいでしょ？」

あたしは楽しんでいたけど、楽しんじゃいけないかもしれないと思う。ママはあいかわらず最後には出ていくんだし、あたしはまだ彼女に腹を立てておかないと。飛翔への愛が、物質世界でのこうした感覚への愛情が、ママを旅立たせようとしているんじゃないの？あたしは下を通り過ぎていく世界を見る。以前なら、たった三次元しかない世界は、平面的で面白みに欠けるものだと思ったはずだ。でも、そうじゃなかった。色彩はいままで見たものよりずっと輝いており、世界はあたしの想像もおよばないほどの脈絡のない美を湛えている。とはいえ、実際に世界を見たのだから、パパとあたしですべてを数学的に再現してみせることはひょっとしたらできるかもしれない。まったく違いがわからないものになるだろう。その考えをママとわかちあおうとする。

「でも、それがリアルじゃないと知ってしまうでしょ」ママが思いにする。「そこが大違い」

ママの言葉を心のなかで繰り返し反芻《はんすう》する。

飛行をつづけ、面白そうな動物や史跡の上にくると浮かんだまま停まった——史跡は、コンクリートがとっくに洗い流され、鋼鉄は錆びてぼろぼろになっており、ただの割れガラスの広がる原野になっていた——その間、ママはあたしにさらにたくさんの話を思念で伝えてくれた。太平洋上空で、あたしたちは降下して、鯨をスキャンして探した。

「あなたの名前に〈鯨〉を入れたのは、わたしがいまのあなたくらいの歳だったとき、鯨が好きだったからなの」ママは思う。「当時、鯨はとても数が減っていたの」

あたしは鯨たちが大ジャンプ《ブリーチング》と尾びれでの海面叩き《ロブテーリング》をしているのを見た。その姿は、あたしの名前の〈鯨〉とは似ても似つかない。

アメリカ上空にきて、熊の家族の上にしばらくとどまった。彼らは怖れを抱かずにこちらを見上げていた（なにしろ、補修用飛行艇は母さん熊ほどの大きさしかない）。やがて、大西洋沿岸の河口にある島に到着した。濃い木々に覆われ、海岸沿いに湿地が点在し、何本もの川が島を縦横に走っている。

島の南端を都市の廃墟が占めている。とうの昔に窓が無くなっている巨大な摩天楼の黒く焦げ、中身のない骨組が石柱のように、周囲のジャングルのなかで高く聳《そび》えている。建物の落とす影のなかでコヨーテと鹿がかくれんぼをしているのが見える。

「いま見えているのは、マンハッタンの残骸。はるか昔に存在していた大都市のひとつ。わたしが育った場所なの」

ママはマンハッタンの栄光の日々をあたしに伝えてくれた。肉体を持つ人であふれ、ブラックホールのようにエネルギーを消費していたころのことを。人々はひとりかふたりでとても広い部屋をわがものにし、自分たちを運んでくれたり、冷やしてくれたり、暖めてくれたり、食事を作ってくれたり、服を綺麗にしてくれたり、そのほかの驚異を実行してくれる機械を持っていた。その間ずっと想像もできない割合で大気中に炭素と毒を排出しつづけた。物質的なニーズを持たない百万の意識を維持できるだけのエネルギーをひとりひとりの生身の人間が浪費していた。

そしてシンギュラリティが訪れた。肉体を持つ人間の最後の世代が死によって命を奪われ、あるいはデータ・センターに入ることで去っていくと、この大都市は沈黙した。雨が壁や基礎のひび割れやつなぎ目に滲みこんで凍結と氷解を繰り返し、裂け目をどんどん押し広げていき、建物は古代の伐採作業中の木々のように倒れた。アスファルトにひびが入り、そこから若木や蔦が生い茂り、死んだ都市は次第に緑の生命力に屈した。

「まだ倒壊せずにすんでいる建物は、人々があらゆるものをオーバースペック《オーバー・エンジニアリング》で生産していた時代に建設されたものなの」

いまではだれも工学《エンジニアリング》のことを話題にしたりしない。物質を用いた建設は非効率的で、可塑性《かそせい》に欠け、制限があり、とても大量のエネルギーを消費する。エンジニアリングは暗黒時代の手法だと教えられてきた。人々がもっとましなものを知るまえの時代のものだと。古典ビットと量子ビットのほうがはるかに洗練されており、あたしたちの想像力を自由に駆使させてくれる。

ママはあたしの考えに笑みを浮かべた。「まるでお父さんみたいな口ぶりね」

ママは幽霊摩天楼がよく見えるひらけた平地に飛行艇を着陸させた。

「これからわたしたちの旅がほんとうにはじまるの」ママは思う。「どれだけわたしたちに時間があるかは重要じゃなくて、持てる時間でなにをするかが重要なの。怖がらないで、レネイ。時間について大切なことをあなたに見せてあげる」

あたしはうなずく。

ママは飛行艇のプロセッサーのクロック数を落とすルーティンを作動させた。そうすることでバッテリーはもつものの、あたしたちの意識は這うくらい遅くなる。

周囲の世界はスピードを上げた。太陽は空をすごい速さで横断していき、最後には恒久的な薄暮に包まれた世界にかかる明るい筋になった。木々がまわりで突き上がるように成長していき、影が縦横にくるくる回転した。動物がビュンという音を立てて過ぎていき、あまりに速くて知覚できなかった。先端に向かって槍状になっていく鋼鉄製の段階式ドームのついた摩天楼が季節の推移に従って次第に折れ曲がり、傾いていくのを見た。空に向かって伸ばそうとして、くたびれた手のようなその形のなにかが、あたしのなかに深い感動を覚えさせた。

ママはノーマル速度にプロセッサーを戻し、あたしたちはビルの上半分が、氷山が分離するような大音量の轟音を何度も響かせて、倒れ、崩れるのを見た。周囲の建物を巻き添えにして倒れていく。

「あの当時、わたしたちはたくさんのまちがったことをした。だけど、正しいこともいくつかしたわ。それがあのクライスラー・ビル」ママの思いのなかに無限の悲しみを感じる。

「人類が生みだした最高に美しい創造物のひとつ。人類が作ったものはなにひとつとして永遠には残らないの、レネイ。データ・センターでさえ、宇宙の熱死のまえにいつかは崩壊してしまう。だけど、本物の美は残る。たとえすべてのリアルなものが必ず滅びるとしても」

あたしたちが旅に出てから四十五年間が過ぎた。あたしにはたった一日とおなじ長さにしか思えなかったのだけど。

パパはあたしが旅立った日とまったくおなじようにあたしの部屋から出ていった。四十五年経ち、いまのパパは異なる様子をしていた。自分の姿にさらなる次元を加えており、パパの色はさらにいっそう黄金色になっていた。だけど、あたしがきのう旅立ったかのようにパパはあたしに対処してくれた。そんなふうに娘を慮《おもんぱか》ってくれるパパをありがたいと思う。

ベッドに向かう用意をしているあいだ、セーラが学業を終え、家庭を築きだしたことをパパに教えてもらった。セーラには幼い娘さえいるのだという。

その知らせにあたしはちょっぴり悲しくなった。クロック数を落とすのは滅多にないことであり、置いてきぼりをくらったような気持ちに人をさせるのだ。だけど、きっと隙間を埋めてみせる。真の友情はどれほど時間の隔たりがあっても生き延びるはず。

ママと過ごした長い一日をこの世界の何物とも交換する気はない。

「部屋のデザインを変えてみないかい？」パパが思う。「新しいスタートというのはどうだ？　もうずいぶんクラインの壺に住んでいるだろ。八次元トーラスに基づいた現代的なデザインを探してみることができるし、あるいはミニマリストが好きなら五次元球体というのもできるぞ」

「パパ、クラインの壺で問題ないよ」いったん間を置く。「ひょっとしたら休むときには部屋を三次元のものにしようとするかも」

パパはあたしをじっと見た。予想外のなにか新しいものをあたしのなかに見出したのかもしれない。「もちろんだ」パパは思う。「もう自分で設計できるだろう」

パパはあたしがまどろみはじめるまで、そばにいてくれた。

「きみが恋しい」パパは独り言をこぼすように考える。あたしがまだ起きているのに気づいていない。「レネイが生まれたとき、名前に〈星〉をつけたのは、いつかきみが星の世界へいってしまうだろうとわかっていたからだ。わたしは人の夢を実現させるのが得意なんだ。だけど、それはわたしがきみのために実現できない夢だ。安全な旅をしてくれ、ソフィア」パパはあたしの部屋からフェイドアウトした。

ママの意識が星々のあいだに浮かんでいるのを想像する。宇宙塵のなかでかすかに光る電磁リボンとして。はるか遠くのあの惑星で、ロボットの容器がママを待っている。異星の空のもと、時の流れのなかで錆び、腐食し、ばらばらになってしまう容器が。
ママはその容器のなかで生き返るとき、とても幸せな気分になるだろう。
あたしは眠りに落ちていく。クライスラー・ビルを夢に見ながら。

# 円弧《アーク》

*Arc*

夏真っ盛りのニュース枯れの日々がつづくと、書くネタに困った若い記者たちはわたしの家に姿を現す。

わたしは彼らをポーチに招いて座らせる。一ブロック先の砂浜から心地よい風がそよいでくるのだ。デイヴィッドがピッチャーに入ったレモネードと、（いやしくもクッキーと名をつけるならそうあるべきように）トランス脂肪酸のたっぷり入ったクッキーを——ときには、相手が飲めそうだと判断するとワインのボトルも添えて——運んできて、ほほ笑むと、その場を離れる。

家のなかでデイヴィッドがみんなに砂浜にいく用意をさせている声が聞こえてくる。夏になると、わが家は日光と温かい砂を求めて大騒ぎをするせっかちな子どもたちで溢れ返る。わたしの子孫たちはわたしの海への愛情を受け継いでいる。

来訪客はいつもわたしの姿を見ることからはじめる。遠慮して顔をじろじろ見られない場合は、わたしの手に注目する——老人斑や皺々の皮膚、老化して節くれ立った関節を見つめる。

苦しみはないの、とわたしは彼らを安心させる。ボディ＝ワークスはわたしが優雅に年を取るよう力を貸してくれ、すべてを制御してくれている。そのときがきたら、わたしは健やかに眠って逝くだろう。死のまえの長く、いつまでもつづく黄昏はやってこない。

少し世間話を交わしてから、質問は予想された方向に向かう——後悔はありませんか？決心を変えるつもりはないですか？　もうあともどりのできない時点を過ぎてしまったと思いますか？　記者たちはあらかじめ頭のなかで書き上げている記事を書けるような内容をわたしが話すのを期待している。

だけど、わたしの人生のことを話し、レモネードを飲み、クッキーを食べているうちに、次第に質問は止まってしまう。会話は気安いものにどんどんなっていく。もっと大切なことについて話し、自由なものになっていく。わたしたちはポーチにとても長い時間座る。話すことがたくさんあるからだ。

そして、彼らはわたしに礼を言い、立ち去り、記事を書く——

『リーナ・オージーンの最年長の息子はリーナが十六歳のとき生まれた。百年後、リーナは一番年下の娘を産んだ』

記事を売るにはうまいツカミだけど、それではほんとうに興味深い部分がごっそり欠けている。

チャドとわたしは砂浜を並んで歩いていた。

昔からわたしは海が好きだった。古くもあり、新しくもあるところだと思っている。寝室の壁に暗赤色と紫の赤ちゃんヒトデや明るい原色の皺の寄った古代珊瑚、きらきらと鮮やかな模様のついた魚の群れの絵を描いた。教科書で見つけたポンペイの壁画の写真のように。きみは画家の才能があるよ、とチャドはよく言ってくれた。わたしが家でひとりでいるときに彼が持ちこんだアーニー・ディフランコやニルヴァーナのテープを聴きながらベッドで寝ているときに。記憶のなかの歌でさえ、多彩な色に充ちていた。

だけど、十二月のある日のロングアイランド海峡の海水は、鉛筆スケッチのようにモノクロの百階調があるだけだった。

薄っぺらな上着を着てわたしは震えていた。チャドはコートを貸してくれなかった。いつもは貸してくれたのに。

爪先で踏みしめる砂は冷たく、濡れており、ときたま貝殻の破片が裸足の足裏に刺さった。だけどわたしは汀《みぎわ》を裸足で歩きつづけた。あとに残る足跡の形に催眠術にかけられていたからだ――ひとつひとつの足跡が掘りたての墓場のように浅く、湾曲していた。

「どうなんだろう」わたしは口ごもりがちに言った。「なにも変わらないでしょ？」はっきり口にすることなく、わたしはお腹に手を当てた。まだ平らで引き締まって感じられた。

「ぼくはイエール大に合格したんだ」チャドは海に向かって、風に向かって、特にだれに向かってということなく言った。彼はわたしを見ていなかった。「ああ、なんてこった」チャドは大きな分厚い手のあいだに顔をうずめた。砂に置かれた蟹の爪に似ていて、とても可愛らしいと思っていた手に。彼は首を振った。そんな仕草は映画のなかでしかしないものと思っていた。

わたしは笑い声をあげたかったけど、そうしなかった。彼の手に手を伸ばす。寒いんだ、とわたしは思った。手袋をしてないから。むきだしのわたしの指も冷たかったけど、わたしはそれに慣れていた。わたしは物に触れるのが好きだった。両手で作業をするのが好きだった。

触れた指はなにも感じられなかった。わたしたちはおたがいを感じることができなかった。

「わたしの誕生日にミスティク（コネチカット州沿岸の村）に連れていってくれるよね？」わたしは訊いた。二週間後にわたしは十六歳になる。

チャドはなにも言わなかった。

そのとき、わたしのうしろにつづいているあの小さな足跡形の墓場になにが埋まっているのかわかったのだ。

なんど父さんに訊かれてもわたしは、「知らない」と答えた。父さんは恫喝し、物を壁に投げつけ、わたしの友だちを呼び出して、締め上げてやるとまで言った。だけど、父さんはわたしの友だちがだれなのか知らなかった。このときまで一度もわたしの友だちに興味を持ったことがなかったからだ。チャドは安全だ。

「なぜ相手の男を庇《かば》ってるの？」母さんが訊いた。「大学にいきたくないの？　あなたはなにもかも捨ててしまおうとしているのよ」

チャドはわたしに起こった最高にすばらしい出来事で、わたしはずっとまずいことが起こるんじゃないかと予想していたのかもしれない。チャドの父親は有名な弁護士で、母親は教育委員会の委員長をしていた。一方、うちの家族は、毎回の食事がレトルトパックをチンしたものである始末。

チャドのベッドが好きだった。彼の部屋とおなじようにとても大きかった。彼はいろんなところにわたしを連れていってくれた。TVに出ているような着飾った人たちがいる楽しい場所に。夜になるとそんなところがどうなるのか夢に見た。

チャドは自分がその気にさえなれば、とても優しい人になれた。両手でわたしの顔を挟み、ひたすらじっと見つめるのが好きだった。わたしは顔を赤らめたけど、目を逸らすことができなかった。「いいかい、きみは綺麗なんだ」よくそう言っていた。そうなんだとわたしは信じそうになった。

チャドはもう何週間もわたしと話をしてくれない。

わたしが黙っていたのは彼を守ろうとしていたからじゃないと思う。向こう見ずにも自分が夢見るに値すると思っていたのかもしれない。自分が何者なのか忘れてもかまわないと思っていたのかも。

あるいは、ひょっとしたら、この件でチャドにもうなにも口を出してほしくなかっただけかもしれない。わたしの心のなかでは、とても高貴で、古いと同時に新しくもあることに関わる権利を彼は失っていた。わたしはほかの選択肢、中絶つまり堕胎のことを口にするつもりはなかった。これはわたしの体、わたしの命、わたしの赤ちゃんのことなのだ。

「おまえの母とわたしはもうひとり赤ん坊を育てるには年を取り過ぎている」わたしが相手の名前をけっして口にするつもりがないのを悟ると、父さんはきっぱり断言した。「もしおまえがそうしたいのであれば、それなら自分でやるんだな」

チャドがべつの子をプロムに誘ったのを聞いた。彼女の写真を卒業記念アルバムで見た。「綺麗ね」その写真に小声で話しかけた。わたしがしたのとおなじようなことを彼にやってあげるんだろうか、と思った。

プロムの夜、わたしは暗くなるまで待って、チャドの家まで車でいき、ビニール袋に入れた一ダースの腐った卵を取りだした。チャドの寝室の窓の明かりが消えたのを見、ためらった。彼の両手で顔を触られたときの感じを思い出す——とても滑らかで温かかった。本当の愛は感じるものだと人がいつも言っているように。と、そのとき、赤ん坊が蹴った。体をふたつに折らなければちゃんと呼吸できないくらい強く。

八月の暑いある日、チャドの両親は車に荷物を積んで、チャドをイエール大のあるニューヘイブンに送っていった。父さんはジム・バッグに荷物を詰め、わたしを病院まで車で送り届けた。

看護師が差し出す、布に包まれ、か細い声で泣く濡れた血まみれの生き物を見たとき、電気的な繋がりがやってくるのを、はっきりした宇宙的な感覚を感じるのを、自分の人生に意味を与えてくれるだろう優しさがこみあげてくるのを待った。

だけど、そんなものはなかった。

ただただ疲れていた。「寝る」かすれ声でそう言うと、看護師は泣いているそれを連れ去った。ひょっとして次に目を覚ましたら、違う感覚になるかもしれない。

あるいはひょっとしたら、いなくなっているかもしれない。

だが、もちろん、いなくなりはしなかった。それは泣き、それは要求した。一時間おきに看護師たちがやってきて、わたしがやらなければならないことをあれこれ伝え、クリップボードに書かれたリストから確認して消していった。わたしは何度も何度もうなずいた。悲鳴をあげたかった。それが乳首を噛むとあまりにも痛かったからだ。

それは特別なものに感じられなかった。高貴なものに感じられなかった。愚かしいものに感じられた。失敗のように感じられた。

「あいつの赤ん坊だ」父さんはそう言って、母さんを引き離した。「おまえはあいつを二週間手伝った。二週間は長すぎる。あいつは若いんだから、そのくらいの世話はできる。自分で面倒を見させろ。さもなきゃ、学びはしないんだ」

ひとり部屋は、ほんとうは夫から逃げてきて隠れている女性用だったのだが、父さんはわたしをそこに住まわせるよう責任者たちを説き伏せた。十八歳になるまで、毎月、おまえと赤ん坊が食べていけるだけの金は渡す、と父さんはわたしに言った。父さんは冷酷ではなかった。わたしは飢え死にはしないだろう。だけど、自分の決断の結果とともに生きていかなければならなかった。

わたしはおむつの臭いが嫌いだった。調合乳《フォーミュラ》の臭いが嫌いだった。いつも眠りたかった。わたしはそれが嫌いだった。

とりわけ、わたしは自分自身が嫌いだった。自分の息子が嫌いで、そのせいで自分がモンスターになったからだ。

「わたしたち夫婦はおまえを甘やかしすぎた」そう言って父さんはわたしの目のまえで実家のドアを閉めた。冷たい冬の空気のなか、わたしはドアを何度も何度も叩いた。だけど、父さんは態度を軟化させなかった。

わたしは泣いた。この世にひとりきりで、わたしにできることは泣くことだけだった。わたしは赤ん坊をチャーリーと名づけた。父親を知るヒントだったけど、父さんはもうなんのヒントにも興味を抱かなかった。

ときどき、太陽が暖かくてその気になると、乳母車を押して、小さな公園にいき、チャーリーが仮眠しているあいだ、太陽を浴びて少しの時間ひとりで座っていた。そこにはほかに母親たちがいたが、いずれもかなり年上だった。彼女たちは自分たちだけでかたまって座り、こちらをじっと見ながら、囁き合った。

あるとき、そこに彼がいた――古い革のジャケット、煙草の臭い、その目は太陽の光を浴びてモノクロの百階調を見せ、そのひとつとして退屈な階調はなかった。外見は二十一歳にしか見えなかったが、もうたっぷり世間を見てきたように振る舞っていた。

彼はかがみこんで、わたしにコーヒー・カップを差し出した。「あんたにはこれが必要なようだ」わたしの目に映る彼の両手は大きくて、マメができていた。その手が紙やすりのように自分の顔をこするところを想像した。

わたしに関心を寄せてくれたのが嬉しかった。コーヒーを差し出す親切さが嬉しかった。熱く、苦いコーヒーに口をつける——アルコールが入っていた。わたしは驚いて顔を起こした。

「わたしには赤ん坊がいる《アイ・ハヴ・ア・ベイビー》の」そう言って、首をひねってバカみたいに乳母車を見つめた。小さなチャーリーをバカみたいに見つめた。その仕草で言わんとしていたのは、罠にかかった、ということだった。

「赤ん坊はだれの持ち物でもない」彼はそう言った。わたしの隣に座ると、わたしが綺麗だと思っているかのようにわたしを見た。「人はほかのだれかを所有することはできない。おれはジェイムズだ」

わたしは彼の目を覗きこみ、彼が言わんとしていることを知った。自分には選択肢がないと信じこまないかぎり、けっして罠にはかからない。

夏だったけど、早朝の空気は少し肌寒かった。チャーリーは両親の家の玄関ポーチの床からわたしを見上げていた。小さな襁褓《おしめ》にきちんとくるまれ、その目は潮だまりのように透明で、眉間に小さな皺を寄せていた。

「さよなら」わたしは言った。「わたしはあなたを所有していないし、あなたはわたしを所有していない」

両親の家の呼びりんを鳴らし、踵《きびす》を返すと、夜明けまえの星空の下、裏庭を駆け抜け、ジェイムズの車の助手席ドアを開けると、ニューイングランドの暗い夜のなかにぽっかり空いた温もりと明るさのなかに腰を下ろした。

「どこにいくの？」わたしは訊いた。靴が朝露で濡れそぼっていた。着の身着のままでポケットに四十ドルが入っているきりだった。

「さあな」ジェイムズは言った。「どこでもいいだろ」

わたしたちは笑い声をあげた。最初の人生を置き去りにして、わたしはやっと自由を感じた。

四年間、ジェイムズとわたしは全国を車でまわった。どこであれ数カ月以上おなじところにとどまらず、気に入った名前を見つけた地図上の次の地点に向かうのだった。冬になると、メキシコに南下し、リゾート地の観光客と仲良くなり、よく彼らから金品を盗んだ。夏にはアラスカに北上し、川のそばでキャンプを張り、熊になった気になって流れから鮭を引っ張りあげた。

ある日、サンフランシスコの安いホステルのベッドの上で目覚めると、ジェイムズはいなくなっていた。わたしは驚かなかった。彼はいつも言っていたものだ——ベイビー、人はだれかを所有したりしないんだ。おまえとおれはいつだって自由だぜ。

だけど、それでも胸が痛かった。ジェイムズは優しくもなく、人柄が良いわけでもなかったけれど、芝生付きの家で暮らさなければならないのが人生というわけじゃなく、お金の心配に追われなきゃならないのが人生というわけじゃなく、義務や罠のことを気に病み、やることになっていることをやっているかどうかを気に病まなきゃならないのが人生ではないことを示してくれた。男たちが本能的に知っているのに、女たちは学びとらねばならない類の教訓のようだった。

そして彼が自由についてあれこれ教えてくれたにもかかわらず、わたしは毎朝頰に彼の広い肩を感じるのを、夜に太もものあいだに彼の手を感じるのを期待するようになっていた。自分が彼のものだと、彼がわたしのものだと感じるようになっていた。わたしたちは一度も愛し合っていると言ったことはなかったけれど、そんなことはどうでもいいのだといまになって気づいた。

自由は生やさしいものじゃなかった。

わたしは何日も食べなかった。体調を崩した。ホステルから追い出され、ぶるぶる震えて、咳きこみながら冷たい海のそばで眠った。病院のベッドで目を覚ましたときには、あやうく死ぬところだったと言われた。

退院すると、波止場のまわりをうろついて、具体的になにかを探しているわけじゃないけれど、ぽっかり胸に空いた穴を埋めるものを求めていた。

ジェイムズと暮らしていて得た教訓は、自由だけでは充分ではない、愛だけでも充分ではないということだった。わたしはもうほかの人に救われたくなかった。なにが必要なのか、幾何学証明のように答えを出した。わたしにはひとりきりになれる部屋が必要だった。その部屋をカタツムリの殻のように維持するための小切手が必要だった。その小切手を手に入れるために自分の手で稼ぐことが必要だった。

ある建物のまえに大勢の人がひしめいていた。わたしは近づいていき、押し合いへし合いしている人たちに運ばれるに任せて建物の正面にたどりついた。

窓のなかにロダンの『考える人』のようなポーズを取っている男性が座っていた。ただし、男性の皮膚は剝かれていて、その下にある膨らんでいる筋繊維や血管が見えていた。その細かさのレベルはこのうえもなく凄かった――あらゆる神経、あらゆる腱、次第に細くなって組織のなかに消えていくあらゆる毛細血管が見えた。

肉の薄い膜は、内臓を隠していたが、その内臓も薄くスライスされて、彩り豊かなジグソーパズルを見せていた。瞼のない片方の目がまばたきをせずに、大勢の人々を見下ろしていた――もう片方の目はくり抜かれて、虚ろな眼窩を見せていた。頭蓋骨のてっぺんが帽子のように取り外され、その下にある脳が新鮮なスフレのようにわたしたちの視線にさらされていた。

「ボディ＝ワークス――仕組み《マシン》を露わにする」、とそこの看板に記されていた。その文言の下に、かなり小さな文字で「職員募集中」と書かれていた。
わたしは建物のなかに入った。

プラスティネーションの手順は、まず腐敗を止めるための死体の防腐処理からはじまる。つぎに死体を切り開き、皮膚や脂肪をめくり取って、その下に隠された人体の構造を露わにする。そののち、組織内の水分と脂肪がアセトンに置き換わるまで何度もアルコールとアセトンの溶液に浸す。それから死体はポリマー風呂に浸けられ、死体のまわりから空気を抜く。組織内のアセトンは陰圧をかけられて低温度で沸騰し、気化する。それによって液体ポリマーが筋肉や血管や神経に入りこみ、すべての細胞に合成樹脂が滲みこむ。

この過程は浸潤《インプレグネーション》と呼ばれている（「受胎」の意味もあり）。

そこまでいって死体はポーズを取らせる用意が整い、そのあと熱やガスで重合鎖が交差結合して硬化するまで固める。そのころには死体はすべての毛細血管と神経と筋繊維が保存された合成樹脂の立体像に変わっている。

チーフ・アーティスティック・ディレクターのエマが仕事台の隣のスツールに腰掛け、死体のポージングをしているわたしを見守っていた。

死体のポージングはあやつり人形の製作に少し似ている。様々な長さの糸を死体を囲む枠から数百本垂らして、腕や指や脚を引っ張り、頭部を望む位置に置く。スタジオのなかには、ハイパワー・フラッシュの力を借りて一瞬を捉えた写真のようなポーズをとった像がたくさん置かれていた——皮を剝がれた男性が宙を跳んでいる瞬間の像がこちらにあるかと思えば、スピンしているフィギュアスケートの選手のように片脚を上げ、片方の乳房が爆発しているヌードの女性像があちらにあった。

エマが体重を移動させると、床に触れているスツールの脚がきしみを上げた。エマが背中に問題を抱えていて、スツールに腰掛けていても楽じゃないのをわたしはわかっていた。それでも、エマはだれかに世話を焼かれたがらない人間であり、わたしは作業をつづけた。エマはけっして無駄話をしない人だ。プラスティネーションについてわたしが知っていることはすべて彼女が教えてくれたことであり、その多くは黙って教えられたものだった。エマがなにかをやり、わたしがそれをそっくり真似るのを彼女は待つ。わたしがきちんとやらないと、彼女はまた繰り返す。もし彼女の満足いく成果をわたしが挙げれば、彼女は次のステップへ進むのだった。

エマがわたしを気に入っているとわかるまで何年もかかった。わたしが弁当を持ってくるのを忘れたのを見ると、彼女はだまってわたしの作業台にキャンディーを置いていくのだった。わたしが弁当を持っていくと、彼女はなにも言わず、わたしといっしょに座って、食事をした。ときどき、わたしは読んでいる本や見た映画の話をエマにした。彼女は黙って耳を傾けてくれた。すると数日後、作業台にエマのメモを見つけることがあった――「良い本」とか、「あなたはあの映画を誤解しているけど、あなたが見たほうがいい映画がある」とか。

一度、なにも理由を告げずにひとりの秘書をエマが解雇したことがあった。だが、その前日、くだんの女性は休憩室にいるほかの従業員たちのまえで声高にわたしの噂話をしていた――リーナはなにを隠しているんだろう?、と訝ったそうだ。彼女はだれともデートしないし、友だちがだれもいない。

そのうち、エマは言葉をおおむね無駄なものとみなしているのがわかってきた。言葉は、思考の影であり、それ自体はあいまいでとらえどころがなく架空のものだ。肉体はプラスティネートし、保存し、永続性を与えることが可能だった。だが、アセトンとポリマーが血と水分に置き換わると、思考はとっくの昔に消えている。

「ひょっとしたら最初から思考は存在していないのかもしれない」エマは一度わたしに言ったことがある。彼女は唯物論者で、自分が作業できるものしか信じていなかった。

エマのそういうところが好きだった。話し言葉の偽りの親密さをエマは信じていなかった。わたしはその手のかりそめの親しみを、いっしょにいるという偽りの約束をもはや欲していなかった。エマにとって重要なのは、わたしの物理的な存在、わたしがやること、毎日そこにいることだった。

自分がポーズをつけている死体に満足して、わたしは作業台に戻り、エマの隣にきた。わたしたちはいっしょに目のまえの女性をじっくり見た。頭は空を見つめているかのようにうしろに反り、背中の肉は、弦を張った弓のように曲がった背骨を露わにするため、はぎ取られていた。

エマはなにも言わなかった。数分後、彼女がほとんどわからないくらいうなずくのをわたしは目の隅でとらえた。わたしはほほ笑んだ。

「精密細工をいくつか見せて」エマは言った。

十年以上まえ、ここで働きはじめた当座、わたしはエマに渡されたスケッチに従って、四肢や胴体のポーズをつけていた。わたしにはその才覚があった。空間や形状、重さや陰影を感覚的につかんでいた。手を汚しても気にならず、死体に触れるのを忌避したりしなかった。

われわれが製作した作品のなかには、美術館向けのものがあり、有名な彫刻に似せて劇的なポーズを取らせていた。きつかったが満足のいく仕事であり、死体と格闘することで自分が強くなった気がした。

やがてわたしは精密作業をもっと任されるようになった。指や顔のポージングはもっとも難しいものだった。唇の正しい丸みや、指の必要不可欠な角度や、手首の正しいひねりを出すために針やフォームラバーを適切に当てなければならなかった。

わたしは収納キャビネットにいき、目下取り組んでいる課題を運び出した。それを作業台に載せ、エマのスツールの隣に自前のスツールを引き寄せ、覆っている布を外した。

ここにきた最初の数年、わたしは作業している死体のことをよく考えた。彼らは死ぬまえは何者だったんだろう？　これが埋葬として相応しい手段であるとどうして彼らあるいは彼らの家族は考えたのだろう？　法律がたいして意味をもたない国からきたのだろうか？　科学のためにボディ＝ワークスにみずから進んで献体したのだと言われたものの、その説明は空虚に響いた。わたしがポーズをつけているもっとも手のこんだ死体のいくつかは、医大や美術館向けのものではなく、個人の邸宅向けのものだった。わたしは死んだ女性たちに裸のバレリーナのようなポーズをつけた。死んだ男たちに裸のボクサーのようなポーズをつけた。

「芸術だな」エマが言った。彼女はわたしのまえの作業台に置かれている両手を見ていた――オーナーは、両手だけを要求していた。およそ十五センチ分の前腕をつけただけで。両方の手がたがいをスケッチしているエッシャーの絵に似せてポーズを取っていた。だが、鉛筆を手にするかわりに、その手はメスを持っていた。まるで両方の手がたがいを切り刻んでいるかのように見えた。おたがいの血管や筋繊維や手根骨をずたずたに切り裂いているように見えた。

別の人間の手をばらばらにし、保存処置を施し、自宅の居間に誇らしげに飾りたがるというのはどんな種類の人間なんだろう？　人生のはかなさを、はたまた人体の驚異をじっくり考えるための方法なのか？　ルネッサンスの詩人がしゃれこうべを歌ったのとおなじような〝死を忘れるな《メメント・モリ》〟なのか？

エマは肩をすくめた。「ほとんどの疑問は無駄だよ。答えが返ってきても、嘘か、信じたくないものかのどちらかさ」

その返事は一週間でエマから返ってくる言葉よりもずっと饒舌だった。わたしは彼女を見て、どこか変わっているところがあるのか確かめようとした。

わたしは手の指に取り組んでいて苦労していることをエマに認めた。メスを使って指の神経まわりに作業をしていると毎回、自分の指が呼応するように疼くのだった。たびたび手を止め、気を取り直さねばならなかった。

「あなたのミラーニューロンが干渉しているんだよ」エマが言った。「いずれ乗り越えるさ。そうしなきゃならない。あたしの場合、いちばん厄介なのは顔だったけど、そのうち顔を見るのを止めて、線だけを、影だけを、色の階調だけを見るようになった。あたしたちはほかの人が土を使って作業しているように皮膚を使って形作っているんだ」

エマの両手がほんのわずかだが小刻みに震えていた。わたしは彼女の顔に視線を上げ、口元がぴくぴくと引き攣《つ》るのを見た。ふいにいつのまにかエマの髪の毛が白くなっているのに気づいた。染めるのをやめたんだろうか？

「あたしはもう年寄りだ」エマが言った。「それを認める頃合いだよ。あたしは引退する。きょうが最後の出社日さ」

わたしは彼女をハグしようとした。そんなことをしようとしたのはそのときがはじめてで、おたがいぎこちない感じがした。ハグが終わってはじめて、わたしは自分が彼女を愛していたのだと悟った。母を愛していたのとおなじような強さで。

「死体は絶えずやってくる」そう言うと、エマは背を向けて立ち去ろうとした。「死は避けがたいもの。あたしたちの仕事はそのことに嘘をつき、死者を生きているかのように見せること。あたしは嘘をつくのに疲れたんだ」

神経を既定の場所に押しこみ、もつれあった血管を広げる作業をつづけながら、わたしは指先の疼きを感じないようにした。わたしの大きなスケールでのデザインは優れたものだったが、だれもが褒めたのは、わたしの処理した手だった。わたし自身は、その手に居心地の悪さをずっと感じていたのだけど。わたしがポーズをつけた手は自ら語った――その手は悲しくなったり、浮かれ騒いだり、沈みこんだりできた。誘惑し、手招きし、警告し、促すことができた。祈ることもでき、目覚めることもできた。

作業台の上の手がとてもかすかにだが、震えたのを感じた気がした。わたしはメスを取り落とした。世界が涙でかすみ、溶けて、幾筋もの色模様を描いた。

次の週、わたしはチーフ・アーティスティック・ディレクターに昇進した。ジェイムズがわたしを捨ててから十五年経っており、わたしは三十五歳になっていた。

買い手は生まれた日に亡くなった自分の息子のプラスティネーションを依頼していた。母親は、その小さな亡骸を埋葬あるいは火葬したがっていない、とわたしは聞かされた。彼女は息子をずっと手元に置いておきたがった。

手のこんだ切断はなく、必要最小限のプラスティネーションで済むはずだった。また、母親はまるで息子が眠っているように見えるポーズを取らせるよう希望した。小さな両手をあごの下で握り締めているようにする。下絵も描いていた。

技術者たちがすでに防腐処理済みの死体を用意していた。ホルマリンに浸けたばかりの小さな肉袋がテーブルの上に横たえられていた。うつぶせになって。わたしはそれをひっくり返した。

わたしはそのしわくちゃの顔をまじまじと見た。ぎゅっと拳に握られた小さな手を見る。すると突然、わたしは十六歳に戻っていた。ふたたび病室に戻っていた。自分がモンスターのように感じられた場所、息子を愛せなかった場所に戻っていた。

この子にはあなたが必要なの、母さんの声がした。

おまえはいったいどうしたんだ？　これは父さんの声だ。

きみの鬱病を診てもらえる人を紹介できるよ。どこかの医者だ。

両手が疼いた。もう自分のものではないかのような疼きで、わたしはメスを取り落とした。

ジェイムズとわたしがハイウェイを飛ばしていくあいだ、夜明けまえの暗闇のなかでわたしを求めて泣いている小さなチャーリーを想像した。あの子の小さな拳がぎゅっと握り締められているところを想像した。

そしてわたしはひとりだった。これまでずっとひとりだったように。そしてわたしは罠にかかった。これまでずっと罠にかかってきたように。

「あなたが辞めたのは残念です」若者が言った。

わけがわからず、わたしは相手をまじまじと見た。戸口に立っている彼を見たとき、背が高く、肩幅広く、少し神経質そうで、まばゆいほど白い糊のきいたシャツを着て二十五歳より一日でも年を取っていないような青年の姿に、自分が一週間以上おなじ服を着て、リビングにテイクアウトの容器を積み重ね、最後にアパートメントを出たのがいつだったのかわからないことにうっすらと気づいた。

「ジョン・ウォラーです」

ロバート・ウォラーはボディ＝ワークスの創業者だった。数年まえ、ロバートの葬儀でこの若者を見かけたことを思い出した。

ジョンはいまや会社のオーナーで、会社のチーフ解剖者ということになっていたけれど、彼をスタジオのまわりで見かけたことは滅多になかった。ボディ＝ワークスよりほかのことに興味を抱いているようだった。

「立ち寄ってくれてありがとう」わたしはよそよそしく答えた。「でも、気分があまり良くないの」放っておいてほしかった。

「あなたがくる日もくる日もやっていることをやって、つねに気分が良いなんてありえないだろうな。父は自分がやっていることを芸術だと正当化したかもしれないけど、死を生と装うことは結局あなたに悪い影響を与える道筋にほかならない」

最後にエマに会ったときのことを思った。彼女はとても痩せ細り、とても弱々しかった。病衣を着ているその姿は非現実的に見えた。餓死しようとしているの、エマはわたしの耳元で囁いた。もっと力があれば、もっとはやく終われるのに。

「あなたの前任者のチーフ・アーティスティック・ディレクターは、わが社に命を捧げたんだけど、そのやり方にぼくは恥じ入っている。二度とふたたびそんなことを起こしたくないんだ」

その言葉は予期しないものだった。わたしは脇に寄って、彼をなかに通した。

そしてわたしたちは話をした。良い気持ちがした。

ジョンは毎日やってきた。

わたしは新生児をプラスティネートしたいという母親の要求について彼に話した。

「嘆きは強力なんだ」ジョンは言った。「人が世界を見ている方法を変貌させる力がある」

ジョンが話すあいだ、わたしは彼の両手をじっと見つめた——ひざの上にきちんと置かれ、まるで瞑想にふける一組のヒトデのようだった。その手は、なんというか……共感の力を持っていた。

「現代の世界は、死からあまりにも遠く離れている、と父は信じていた。それが彼がボディ＝ワークスをはじめた理由です。われわれの死の恐怖を死とともに生きるよう仕向けることで取り除きたかった。死んでいる肉体をスイッチを切られた機械のように見つめることで。死を滑稽かつ深遠なものにしたがったんです。もはや怖れるものではないのだと」

わたしは彼の両手がはためくのを見た。一方の手が持ち上がり、浮かんで手振りをしながら胸のまえをただようのを。

「だけど、死のことをあまり深く考えると、プラスティネーション自体とは異なり、生が凍りつく可能性がある。ときどき、ぼくらはそれを忘れてしまう」

わたしは自分の手がひとりでに舞い上がり、空中で彼の手と出会うのを見た。ふたつの手は踊っているカップルのように、祈りを捧げるかのように、合わさった。

彼の手はとても温かかった。十五年間、形作ってきた手とはまったく異なっていた。

一ヵ月後、ジョンにいっしょに住まないかと言われたとき、わたしの次の人生がはじまった。

わたしは異を唱えた。彼の家族はお金持ちだ——彼は二十一歳で医学部を卒業したほどの天才だった。

「あなたは好きよ」わたしは言った。「でも、わたしは高校すら出ていない。わたしが知っているのは、筋肉から筋膜を剝がし、一組の手を合成樹脂に変えることだけ。あなたとわたしは異なる世界の出身なの。けっしてうまくいかないわ」

二十年まえ、ラテックス製の袋がその仕事を果たしてくれていたら物事はどれくらい変わっていただろうと想像した。後悔の連続じゃなく、ちゃんとした人生を送れたかもしれないのに。

「年齢の差のことじゃないだろ?」ジョンが訊いた。

わたしは彼の目をじっと見て言った。「あなたはいつか子どもを欲しがるかもしれない」わたしは話しはじめた。ジェイムズが去っていってからはじめて、だれかに自分の秘密を、捨ててしまった子どものことを話した。

「わたしには問題があるの」わたしは言った。「わたしはどうやったら母親になれるのかわからない」

月並みな言葉をかけるかわりに、ジョンはただわたしを抱き締めてくれた。なにも期待せず、なにも要求していない彼のしっかりした温かい抱擁に、彼が理解してくれているのをわたしははっきり悟った。ときおり、人はなにを求めているのかわからないまま許しを求め、そしてとにかく世界はそれを届けてくれるのだ。

「あなたを待たせたくない」わたしは言った。「わたしが自分で答えを出そうとしているあいだ」自分の体のなかの時計が時を刻む音が聞こえてくるような気がした。

「その心配はしないで。それこそまさにぼくが取り組んでいることなんだ」

わたしは困惑してジョンを見つめた。

「父は腐敗を止めることに興味があった。魂が抜けていったあとも肉体を停止状態に保存することで」ジョンは言った。「だけど、ぼくはもっと良いものに興味を持っているんだ。ぼくは老齢と死を克服したい」

われわれは薬を工学の一分野として思い描かなければならない、とジョンはわたしに説明した。

「機能を停止したあとの機械《マシン》に驚愕するかわりに、その活動をできるだけ長く引き延ばすというのはどうだろう？」

「でも、死は不可避なものだわ」わたしは言った。「だからこそ人生に意味を与えてくれる」

「それは選択肢がないと信じている人間が自分たちに言い聞かせている嘘だ。詩人はわれわれの無力さを慰めるため、永遠の命を得ようとする努力に反対するプロパガンダを書いている。だけど、われわれはもう無力じゃない」

ジョンはわたしに再生薬について話した。臓器の耐用年数が尽きれば交換するためにわれわれ自身の細胞から新しい心臓や肺や肝臓を育てることについて。長寿遺伝子SIRT1《サーチュイン》のような遺伝子や、GATA転写因子のようなタンパク質や、DNA修復や細胞活性化、脱アセチル化酵素やカロリー制限、テロメアを長くしたり、細胞の減数分裂時のエラーを削減するための改変ウィルスの注射や、有害な突然変異を排除するために設計された数百個の分子で作られた細胞ナノコンピュータについて話した。彼の言葉は奔流のようにわたしに押し寄せてきた。その言葉を充分に理解していなくとも、彼の言葉に心安らいだ。

「数百年生きられるだけじゃなく、それだけのあいだ、健康かつ若いままでいられるのは可能なんだ。生物時計のことを心配するには及ばなくなる」

ジョンは自分のお伽噺にとても熱心で、信じこんでおり、わたしはそれにノーと言えるほど強心臓の持ち主ではなかった。

太陽が木々の葉を通して斑な影を落としている明るいキャンパスをわたしは歩きまわり、

日光浴をしている女子大生や自転車に乗っている男子学生、長い柱廊や砂岩の壁、緑の芝生、赤いタイルを葺いた屋根が織りなす光と影に目を丸くした。

そう、これがスタンフォード大学なんだ。三十八歳で、長い曲がりくねった迂回ののち、わたしはやっと大学に通いはじめた。

自分が入学した年に息子のチャーリーが大学を卒業したかもしれないと気づいて、胸がズキンと痛んだ。

ジョンが何度か促してくれたのだけど、わたしはチャーリーと連絡を取ってみようとはしなかった。彼がわたしをもっとも必要としていたときにわたしは彼を捨てたのだ。どんな権利があって彼のいまの人生に立ち入らなきゃならない？　そのような出会いは、わたしの得にはなるだろう。息子がなんの問題もなくちゃんと育っているのを知れば、わたしの疚《やま》しさを和らげてくれるだろう。それは身勝手なことだった。

それにいずれにせよ、わたしには取り戻さなければならない失われた時間がたくさんあった。学校は忙しいものになるだろう。

クラスメートはわたしを彼らのかなり年上の姉として遇《ぐう》してくれた。おおぜいの若い顔に囲まれていると、自分がとても年老いていると同時にとても若くなっている気がした。

週末になるとわたしは車を運転して、ジョンのもとを訪ね、ふたりで彼のラボにいき、そこで彼はわたしを自分の装置にかけた。

ぶんぶん唸っている金属の揺り籠に寝て、うとうとと眠りながら、化学物質や注射針の思い通りにされていると、仕事で扱ってきた死体と自分がそれほどちがってはないという思いが浮かんだ。これはわたしのアセトン風呂であり、わたしのポリマー浸潤容器だった。

「結果は良好だ」ジョンが言った。「きみはいま三十歳の肉体の持ち主だ。通常の処置をやっていれば、この状態を永遠に維持できない理由がわからない」

いい、すてきだ、とわたしは思い、笑みを漏らした。子どもを持つという決定をもっと先延ばしにできた。わたしは自分の人生を凍った殻のなかに留めて、いまやりたいのは失われた時間を取り戻すことだった。生きているあいだにやっておきたいことのリストはどんどん長くなっていた。

わたしが卒業する週に、わたしたちは結婚式を挙げ、それからわたしは美術史で博士号の取得を目指すことにした。もし無限の時間があるなら、わたしはそれを利用するつもりだった。

ジョンは特許専門の弁護士を雇い入れた。ボディ＝ワークスは、いまは二本柱の事業をおこなっていた——死者を記念美術品にする事業と、不老の泉の事業だった。どちらがより可能性が高いかは一目瞭然だった。

「大金持ちになる用意をしといたほうがいいな」ジョンは言った。

「ウォラーさん、どうしたら夜眠れるんです？」記者のひとりが訊ねた。「無慈悲な独裁者の命を引き延ばすことに自分が責任を負っているというのに」

あまりにも腹が立って、目に映るまわりが一瞬真っ赤になった気がした。もしこれが最初の質問だとしたら、記者会見は坂を下っていく一方になるだろう。だけど、ジョンはわたしの手をぎゅっと握り締めてくれた。

「一私企業にすぎないボディ＝ワークス社が、政治家の健康でいられる時間を決定する事業に乗り出すのだと本気でお訊ねですか？」ジョンは訊き返した。「それがどういう意味なのかよく考えてください。われわれは差別をしません。政治信条に基づいてどうこうすることはありません」

「だけど、金がかかる！」記者のひとりが叫んだ。

「われわれの処置は、個人のゲノムに合わせた手順を取る必要があります。それには高い費用がかかり、数十年は高いままでしょう。さらに研究に投資し、コストを下げるのに充分見合うほどの代金をいただかねばなりません。その費用を負担するための保険を求めるのであれば、議会に陳情してはいかがでしょう」

などなど、容赦ない質問がつづいた。すごい贈り物をもらったとき、包装紙が自分たちの好みの色じゃないのはなぜだと疑問に思う者がかならず若干名いる。

この問題を解決する簡単な方法はなかった。健康管理は権利であったことは一度もなく、むしろ特権だった。じつに数多くの死体を間近で吟味してきたため、わたしは一目見て、死体の持ち主が生前どれほど健康であったか、どのようにして健康を維持してきたのか判別できた。金持ちは貧乏人のように生きも死にもしない。金と特権は皮一枚のものじゃない――文字通り骨まで達しているのだ。

かつて、死は大いなる平等をもたらすものだった。だが、いまや金持ちはそれからも逃れようとしているかに見えた。おおぜいの人間が怒っているのも不思議ではなかった。

自分で言っていたとおり、ジョンは起きている時間のほぼすべてをラボで費やし、長命化手続きのコストダウンと大衆化の方法を模索した。

一方、わたしはアーティストとして頭打ちになっているのに気づいた。むかしのプラスティネーション作品が、美術館やコレクターに競い合って求められ、評価も上昇していき、批評家がこぞって褒め称えていたけれど、その賛辞が偽善的に思えてならなかった。結局のところ、自分に永遠の生命をくれるかもしれない男の妻を侮辱したがる人間がいるだろうか？

わたしは自分の気に入った作品をなにひとつ作れなかった。ポーズをつけても、無理な感じがした。わたしが形作る手は生命感を欠いている気がした。

はじめて、わたしは自分を解放してくれる愛を、疚しさを感じさせない愛を、落ちこませるのではなく気分を高揚させてくれる愛を享受した。わたしは幸せな気持ちになってよかったのだけど、わたしが感じたのは、大儀さ、動いているけれどもどこにもいけない停滞感だけだった。

なにかやることを見つけるため、わたしは学校に戻った。ジョンのおかげで、わたしの脳は新しくなりつづけていた。永遠のネオテニー状態で、好奇心はいっこうにすたれていなかった。歴史、文学、経済と順に博士号を取得し、やがて騙されたと思って、医大に入った。

学ぶことは恐ろしくたくさんあった。永遠の学生としてのわたしの生活は、つねにいままさにはじめようとしているところだが、けっして本格的にははじまらないものだった。これはまさに理想的な生活ではないだろうか？　わたしは潜在性を秘めた、可能性を秘めた、はじまりばかりの暮らしを送っていた。楽器を習うことを考えていた。百年練習すれば名人になれるかもしれなかった。

ジョンとわたしは旅行もした。わたしの若返り処置が終わるとすぐ数ヵ月おきに地球のはるか片隅へ冒険の旅に出た。

旅の終わりにジョンはいつも訊いてきた。「用意は整った？」

わたしは彼の目を覗きこみ、なにを言わんとしているのか知る。わたしは彼との距離をとても近いと感じていて、わたしたちのあいだになんらかの隔たりがあるとどうして考えられるのだろうと不思議だった。

「まだ」わたしは言った。「でももうすぐかもしれない」心のなかでわたしは次に訊かれたときの自分の答えもすでに知っていた。その次に訊かれたときの答えも。

そんなふうにつづいた。一年、また一年と。実質的にわたしたちが不死である以上、どうして急ぐことがあろうか？

わたしがもっとも誇りにしている作品は、完成まで十年以上かかった。

その作品「アダムの創造」のなかで、わたしの題材はミケランジェロの絵のアダムとおなじポーズを取って横たわっている。ただし、丘も地球もない。わたしのアダムはなにもない空間に宙づりになっている。

「悪い知らせがある」ジョンが言った。

わたしのアダムがミケランジェロのそれと異なっている点がもうひとつある――顔がないのだ。額からあごにかけ、顔の皮膚が途中までめくれており、顔の側面の皮膚もめくれて蝶の翅のように、あるいは三連祭壇画の側面パネルのようになっていた。めくれた皮は途中で凍りつき、ウミウシのうねる膜状の縁のように丸まっていた。その下の筋肉の束は、人間が造られた赤い土とおなじような赤剝けた色をしていた。そしてまたたかぬその目は、鋭く、年齢不詳で、表情がなかった。

ボディ＝ワークスが公にしてからの二十年間で、千人以上の人間が長命化処置を受けた。高価ではあったが、永遠の若さという魅力は逆らいがたいものだった。

「ぼくには遺伝子異常があった。若返り手続きは、加齢を止めるのではなく、体細胞を老化に導いてしまった」

わたしのアダムのほかの部分も仔細に吟味するに値する。この作品の側面にまわると、プラスティネーション処置された胴体が縦軸方向に薄くスライスされて断面を見せ、射撃場にある人形《ひとがた》の的の束のようになっているのが見える。個々の断面は十センチほど離されてぶらさがっている。スライスされた断面は、保存処理と硬化処理を施され、屋外で洗濯紐にかけられ、風ではためき、ひねられ、湾曲して、とぐろを巻く途中で凍りついた洗濯済みのシーツのような外見をしている。内臓——肝臓と腸と肺——の断面は、赤やピンクやワイン色の深紅や錆びた鉄の茶色をした円や楕円や抽象的なロールシャッハ・テストの染みを爆発させたものになっていた。

エリザベス朝時代の人間が見たなら、それを秘密の宇宙や内側の世界の一連の地図として理解したことだろう。

わたしは夫をじっと見て、彼の言葉にこめられた真実に目を覚まされた。ずいぶんまえに気づいていたのだ——そして意図的に無視しようとしていた——彼の目のまわりの皺や口元の皺に、染めていたが根元の白くなりかけている髪の毛に、彼の体の動きがのろくなり、乾いて、しなびているのに。彼はずいぶんまえにわたしの年齢に追いつき、追い越していった。それなのにわたしはふたりとも時の猛威に影響を受けないでいるというフリをしつづけた。怖くて、わたしは否定しつづけようとしてきた。

「治癒処置によって老化に転じた若返り処置を止めようとしたところ、細胞が制御不能に分裂する反応を引き起こした。ぼくには癌がある」

もし医者としての訓練を受けていたら、わたしの夫の二枚のスライスのあいだに立ち、腫瘍の形や、ライスペーパーにこぼしたインクのような悪性の染み、広がるその染みの端を引っ張って、フラクタル模様にしている毛細血管を観察できよう。それらはとても美しい。

次にきたのは積極的治療だった――個別化ウィルス注射、放射線照射、古典的で暴力的な治療すらおこなわれた――化学療法という。わたしの目のまえで夫は年老いていった。不老の泉の創設者が数カ月で数十年老いていった。

作品のまわりを歩きつづけて、正面に戻る。夫の爆発した顔をじっと見てほしい。赤剝けた燃える皮膚、まばたかぬ目、膨れあがった血管を見てほしい。年齢を読み取ることはできない。人種もわからない。表情もわからない。彼は人の本質しか残らない状態にまで茹でられたのだ。

喧《やかま》しい記者たちが病院の外でわたしたちをつかまえた。「これは天罰だと思いますか？死を免れようとする愚かな行為への」質問した女性記者はマイクをわたしの顔につきつけた。わたしは自分の体を盾にしてジョンを守ろうとした。そのころにはジョンはとても衰弱しており、あと一週間ももたない様子だった。

わたしは女性記者をじっと見た――彼女は美しかった。見た目は二十五歳より上ということはなかったが、わたしは彼女に見覚えがあった。彼女は二十年以上まえわたしといっしょの大学に通っていた。ジョンの患者のひとりだった。彼女の目には恐怖があった。わたしの怒りと憎しみは溶け去った。彼女の質問は、夫に向けられたのと同時に彼女自身にも向けられていた。彼女はわたしの夫が来るべき事態の虫の知らせであってほしくはなかったのだ。

夫の手だけは表情豊かなままだった。彼の右手を見てほしい。胎児のように丸まっている。彼の左手を見てほしい。伸ばして、思いやりのない神に願いを訴えている。永遠の生命の約束を差し出したうえで、目のまえでひったくろうとする神に。

ジョンが死んだ翌日、何十年ぶりかで、わたしはスタジオに入った。はじまりを待とうとせずにはじめた。

助手はひとりも使わなかった。この作品の作業は全部、ひとつ残らず自分でやった。かつては重たかった彼の体をどうにか作業台に載せ、どうにか下ろした。わたし自身が背負わなければならない十字架だった。

手のポーズをつけるだけで一年かかった。何日もわたしはスタジオに座って、自分の指を彼の指にからみあわせ、無駄に費やした彼との時を思い出し、もう二度とやってこないいっしょの暮らしを想像し、けっして生まれないわたしたちの子どもたちを想像した。

「アダムの創造」を完成させたことで、喪失の痛みが和らいだものの、消え去りはしなかった。だが、それでジョンとの暮らしをあとにして、あらたな人生をはじめることになった。

「綺麗な手をしているね」そう言って男はわたしの向かいにある椅子に腰を滑りこませた。

わたしはカナダのノヴァスコシア州の先端にある町グレースベイの小さなバーにいた。冷たい灰色の大西洋が眺められる窓辺に座り、一世紀以上まえの炭鉱労働者たちが地下深く掘り進み、海底にトンネルを掘っているところを想像した。いまではほとんど住民のいない、この古い炭鉱の町に逃げてきたのは、「アダムの創造」で得た関心から遠ざかりたかったからだ。わたしは七十一歳で妊娠しており、少しの平穏を欲していた。

ジョンが亡くなるまえ、わたしたちは彼の精子を冷凍した。いま、第一子の誕生から半世紀以上経って、わたしはようやく用意を整えた。

だけど、わたしの見た目はまだ三十歳で、そのため開けっぴろげで血色の良い顔をして、もじゃもじゃの赤ひげと屈託のない笑顔と快活な声のこの男性は、わたしと親しくなりたがっていた。彼は五十代なかばという見た目で、たぶんそれが実年齢なのだろう。ボディ＝ワークスを利用できるような金がある人間には見えなかった。

わたしは自分の手を見下ろした。並んで丸くなり、暖かさを求めて体を寄せ合っている鳩のつがいに見えた。「ひとりでいたいの。ごめんね」

男はうなずき、椅子を回転させて、窓のほうを向いた。両脚を低い窓枠に上げ、パイプを取り出すと吸いはじめた。

わたしの父とジェイムズはふたりとも喫煙者だったが、もう何十年も煙草を嗅いだことがなかった。その香りが心安らぎ、甘いものだと気づいた。とっくの昔に忘れてしまった思い出のように。

だが、わたしの目をとらえたのは男の手だった。タコができ、関節は冷たい海で働いたことで節くれ立って、膨れあがっていた。いっしょに仕事をしてきた仲間の手とはまったく異なっていた。書類や電子や記号を操っていた男や女の手とはちがっていた。

そしてその手がとっているポーズに見覚えがあった。砂に置かれた蟹の爪のようだった。

「あなたは何者？」わたしは訊いた。だが、訊かなくともわかっていた。

「あんたに連絡を取りたいとは思わなかった」チャーリーは言った。「あんたからなにかを欲しがっていると思われたくないからな。遠くから見守っていた」

　自分の息子に対してぎくしゃくした思いを抱いた。見知らぬ相手ではないのに見知らぬ相手だった。最後に彼を見たとき、彼はまだ世界に気づいていなかった。彼にわかっていたのは、画一的な塊になっている色と音、晴れた日の温もり、夜明けまえの拒絶の冷たさだけだった。それなのにいま彼はわたしより年配に見えた。

「爺さんと婆さんはあんたが死んだとおれに話した。だけど、十二歳のとき、修学旅行でサンフランシスコにいったんだ。何人かの友だちとおれは、ボディ＝ワークスのスタジオを見学したかった」

　はるか昔の会社に入った初期のころの記憶を引きずりだした。わたしは学校の見学ツアーを担当するという仕事の割り当てを楽しんでいなかった。子どもたちがまわりにいて心安まったためしがなかった。

「あんたはプラスティネーションの仕組みと、なぜそれが重要なのか、医学研究や教育にどんな役に立っているのか説明してくれた。おれはすぐにあんただとわかった。家にあった写真を見ていたから。

　あんたはとても熱心だった。皮を剝がれた一組の手の美しさを、筋肉と骨と神経がいかに驚異的なエンジニアリングの産物なのかをおれたちに見せてくれた。あんたが自分の仕事を愛しているのがわかった。どれくらいあんたが幸せなのかがわかった」

あの当時、自分が幸せだったのを覚えていなかった。とはいえ、われわれは失われるまで幸せに気づかないことがよくある。

「そのあと、おれはあんたが大切な仕事があるので、出ていったんだという物語をこしらえた。偉大な科学者や兵士のようにな。あんたがおれを置いていったのは、偉大な芸術作品を仕上げる必要があったからだ、と。それが仕上がればあんたはおれを探しにやってきてくれる、と」

わたしはチャーリーを見ていなかった。

「だけど、あんたはおれを迎えにきてくれなかった。いたるところで、有名な旦那の隣にいるあんたの名前や写真を見たよ。あんたたちは世界に永遠の若さといつまでもつづく生命を与えた魔法のカップルだった。なのにあんたは一度もおれに時間を割いてくれなかった」

「あなたの人生を邪魔したくなかったの」わたしは言った。「あなたの愛情を受ける権利があるようなふりをして」

声から辛辣な熱を消し、彼は話をつづけた。「邪魔されるようなものはなにもなかった。おれはあんたを待っていたんだ」

そのとき、若者のときのチャーリーは、いまわたしに対しているのとおなじように父親に対して腹を立てていたのだろうか、と思った。チャドとわたしは別れて以来一度も直接会っていなかった。チャドは一度だけ、治療の可能性について手紙を及び腰で書いてきた。その便箋のレターヘッドにはどこかの偉そうな感じがする法律事務所の名前が記されていた。わたしはその手紙を千切って捨てた。

息子は自分を捨てた女を、おなじことをした男よりも厳しく指弾するのだろうか、とわたしは自問したが、すぐにそういう問いがどれほど身勝手なのか悟った──彼は父親がだれなのか知らないけれど、わたしが何者なのか知っているのだ。父親は死すべき存在である一方、わたしはこの世で無限の時間を持っている。

ごめんなさい、とわたしは言いたかった。だけど、謝らなかった。そのとき感じている気持ちを表す言葉のないときがときどきある。

「婆さんが死んだとき、あんたは戻ってこないだろうとはっきり思った」

わたしはブルッと身震いした。わたしが時間を止めてからそれはたくさんの人が亡くなっていた。なのにわたしはずっと待ちつづけた。

「数年して爺さんも死んだ。そのときになってはじめておれは自分がどれほどバカだったかわかったんだ。あんたはおれに命を与えてくれたけど、おれはあんたを所有しているわけじゃない。愛は重力じゃないんだ──つねにそこにあり、正確に計算できるものと思いこんではならない、と。待つかわりにおれは自分で自分の人生を築くべきだった、と」

あなたはまさしくわたしの息子だわ、とわたしは言いたかった。おなじ失敗すら犯して、いる。

「大西洋で漁をしているトロール船の漁師に加わった。おれは自分の手を使って仕事がしたかった。危険な仕事をやりたかった。できるだけ永遠の若さから遠ざかっているものを。おれはあんたのことを忘れたかった。そして忘れた。自分を哀れに思うのを止めたんだ。だが、そのときあんたの旦那が亡くなったのを耳にした。旦那を覚えておこうとしてあんたがなにをしているかを読んだ。苦しんでいるあんたを見て、おれは思った。ひょっとして、いまなら会いにいってもかまわないかもしれない。ひょっとして、おれはもう彼女を憎んでいないかもしれない。おれが彼女を必要としているよりも彼女のほうがおれを必要としているかもしれない、と」

膝の上でわたしの両手が震えていた。じっとさせておこうと懸命になっていたにもかかわらず。

「おれはあんたの家にいき、ハウスキーパーに自分がだれなのか話した。彼女はおれを一目見て、ここにいくように言ってくれた」

わたしはようやく彼を見た。ほんとうに彼を見た。息子の顔のなかでわたし自身の目がわたしを見ていた。

キャシーはチャーリーの五十六歳年下の妹だった。

わたしは娘を抱き、顔を覗きこみ、ジョンの面影を探し、見つけた。

「あんたに良く似てるぜ」チャーリーが言った。

わたしはまた見た。息子の言うとおりだとわかった。なんの魔法もなく、物の見方の重大な転換もなかった。だけど、心のなかに感じている温もりがあり、けっして止まらない雫のような愛があった。

怯えた十六歳の少女のわたしのなかに呼び起こし、見出すことができなかったものが、七十二歳の女のわたしには容易にやってきた。わたしに必要なのは、命を受け止める能力だった。それを教えてくれるには夫の死が必要だった。

チャーリーはそばにいて力を貸してくれた。彼は妹の扱いが上手だった。キャシーは食べ物の好き嫌いが多かったけれど、チャーリーは自分が食べているものはなんでも彼女に食べさせることがいつもできた。キャシーはお昼寝をするのが好きじゃなかったけれど、チャーリーはタコだらけの大きな手で軽く背中を撫でてやって、妹を寝かしつけることができた。ひょっとして歴史上もっとも奇妙な肉親同士かもしれないふたり——彼らのような肉親はボディ＝ワークスが処置を続けていけばもっとありふれたものになるのは確かだった——を見ながら、わたしは自分の娘がどのように世界を見るのだろうかと想像した。

キャシーはわれわれが死に勝利を収めたことを当然のことと受け取るだろうし、これまで生きていた人類の大多数が永遠に死んでしまったことを奇妙に思うだろう。

われわれはおたがいを永遠に知るようになるかもしれなかった。

「またデートをすべきだよ」そう言ってチャーリーはほほ笑もうとした。「お袋、あんたを愛してる。だけど、もっと外に出ないとだめだ」

わたしの息子はわたしよりはるかに年上に見えるので、彼がわたしに助言するのがとてもあたりまえに思えた。

チャーリーはもうあまり動きまわることができなくなっていた。脳梗塞で左半身が麻痺していた。

彼はわたしがする若返り処置の申し出をずっと拒みつづけた。はじめるのが遅くなればなるほど、処置がうまくいく可能性が低くなるのだと何度も言った。だけど、彼はいつも首を横に振って、ほほ笑み、「一度の人生でおれにはもう充分すぎる」と言うのだった。

キャシーがチャーリーの手を取った。チャーリーの手は老人斑がいっぱい浮いて、皮膚が革のようになっていた。キャシーの手は陶器のようにすべすべで、染みや傷はひとつもなかった。

わたしは生まれたときから入念な計画に従ってキャシーにアンチエイジング処置を施した。発達を阻害しないが、その最高点で彼女のシステムを凍結させるよう計算して。幸いにも、ジョンを殺した遺伝子はキャシーには受け継がれていなかった。わたしの娘と彼女の同世代の人間は、これまで生きてきたなかで最高に健康的な人類になるだろう。

「おれたちのように年齢差が大きな肉親は、普通はあまり親しくないんだがな」チャーリーは言った。

「でも、あたしたちには共通の物語があるもの」キャシーが言った。愛情をこめてキャシーはチャーリーの薄くなった髪に指を走らせた。まるで一羽の鳩が砂丘に生えた草のなかをかすめ飛んでいくように。

わたしは息子がわたしを必要としなくなってずいぶん経ってから彼を愛することを学んだ。そのため、彼へのわたしの愛は、はるかに純粋で、なおかつ、砂浜で陽に晒されて脆くなった骨のように不確かなものに感じられた。

わたしは身をかがめて、チャーリーの額にキスをした。彼には死の臭いがしなかった。充たされている香りがした。

「死の尊厳は、死をまえにしてわれわれが感じる無力さを取り除くためにでっちあげた神話だ」かつてジョンがわたしに話してくれた。だけど、彼はすべてを知っていたわけじゃなかった。知ることができるほど長く生きられなかった。

わたしの息子は眠っていたが、起きなかった。そしてわたしの人生はまた終わった。

キャシーはわたしにチャーリーの助言に従うようしつこく迫った。結局のところ、わたしは齢一世紀に近かったけれど、体は若い女性のままだった。ときおり、キャシーはわたしをいっしょに外出させた。わたしたち母娘は、姉妹に見えた。

ボディ＝ワークスと競合他社が処置費用を安くしつづけた結果、わたしのような年を取らない男女がどんどんあたりまえになっていった。常緑革命の贈り物を世界の貧しい国々に分け与えるやり方や、人々が年を取らず、死ななくなったときの人口成長をどう抑制するかについて議論が盛んになっていた。宇宙に入植する話も再燃していた。今度はもっと真剣に。

だが、そうした熱狂にもかかわらず、わたしは自分が繋がりを切られ、漂っている気がしていた。世界は大小さまざまな形で変化したが、そのどれもわたしの心を動かさなかった。自分がなにを探しているのかわからなかった。喪失に、愛していた人々が死ぬのを見ることにただただうんざりしていた。ひょっとしたら、あらゆる若返り処置にもかかわらず、わたしは心のなかで年老いすぎていたのかもしれなかった。

「昔のようなクッキーは作らないんだ」わたしは言った。小さなデザートショップが提供するものは、美味しかったけれど、満腹感をくれなかった。トランス脂肪酸たっぷりのクッキーがないのをときどき残念に思った。

「昔風のデザートが手に入る場所を知ってますよ」わたしたちのテーブルにひとりの若者が立ち止まった。彼の視線はわたしをとらえ、動こうとしなかった。

キャシーは適当な言い訳をこしらえて、カウンターにいった。わたしは彼女が笑みを隠そうとしているのを見た。

若者はキャシーと同い年くらいで、とてもエネルギッシュで、期待感に充ちあふれていた。

「見た目よりわたしは歳なのよ」わたしは言った。

「ぼくらはみんなそうですよ」そう言って唇をめくる様子にわたしの心が蕩《とろ》けた。そんなことありえるとは自分でももう信じていなかった形で蕩けたのだ。

ディヴィッドは生命延長を信じていなかった。

「死は生命がこれまで発明してきたなかでもっとも偉大なものだ」彼は言う。「毎日、毎秒、自分が死ぬんだと思い出すことで、ぼくは自分を脅かしていることをやる、心臓がどきどきし、呼吸がはやくなることをやるんだ。自分が年を取って死ぬのを思い出したから、あの日、きみのところにいったんだ」

彼の両手は大胆に宙を動きまわり、けっして止まらず、けっして休まなかった。

わたしはジョンと過ごした終わりのない日々を思い返し、そのなかで覚えている日がひどく少ないのに気づいた。自分にはこの世で自由になる時間がたくさんあると思ったため、結局わたしはなにもしなかった。わたしは自分の人生を浪費した。選択肢を諦めるのが怖かったからだ。繭につつまれた蚕のように、自分の人生をプラスティネーションしてしまったのだ。

世界じゅうで、人生は永遠につづいていたが、人々はより幸せになったわけではなかった。人々はいっしょに年を取らなくなった——いっしょに成長しようとしなくなった。結婚している夫婦はおたがいの誓いを変えた。もはやふたりをわかつのは死ではなく、退屈だった。

わたしの一番下の娘セーラは、チャーリーが生まれたのとおなじ日に生まれたが、ただし百年後のおなじ日だった。

セーラのあとにつづく子どもはもうないだろう。わたしは処置を止める決断を下していた。わたしはセーラが成長し、自分の人生を生きるのを見守るつもりだ。セーラの父親であるデイヴィッドとともに年を取り、たがいの変化を喜ぶつもりだ。そのときがきたらわたしは死ぬ。やりたかったあらゆることを達成することはなく、見たかったあらゆるところを見ることはなく、知るべきあらゆることを学ぶことはなく、だけどひとりの女性として充分すぎる経験をして死ぬのだ。わたしの人生は、はじまりと終わりのある、円弧《アーク》になるだろう。

「ぼくのためにそういうことをするのはやめてくれ」デイヴィッドは言った。「きみの人生であり、きみが選択すべきだ」

彼が言いたいのは、きみは自由にならなければならない、ということだった。

そしてわたしは自分のお気楽な遍歴と自分の厄介な愛、誇らしい作品、とるにたりない後悔、大げさな仕草、ちっぽけで単純な喜びのことを思う。わたしは自分がなにを欲しているか知っている。それがわたしの手足のなかで、潮が寄せてくる砂浜を小走りに蟹が走っていくように小刻みな震えを与えているのを感じる。

「自分のためにやるつもり」わたしはデイヴィッドに言った。「わたしたちはたがいを所有しているわけじゃない。だけど、おたがいのためにそこにいたいの」

キャシーはわたしを説得して止めようとした。いっしょにポーチに座り、トレイに載せたクッキーとピッチャーに入れたレモネードを分け合った。夏だった。雷雨が過ぎていった直後、世界が古くもあり同時に新しくも思える時間だった。

「死のない人生は変化のない人生というのは、真実じゃない」キャシーは言った。「恋に落ち、愛を失うこともある。すべての恋愛と結婚に、すべての友情ときまぐれな出会いに、円弧《アーク》があるの。はじまりと終わりが。寿命が。死が。もしあなたの求めているものが喪失なら、あなたがすればいいのは、待つだけ」

わたしの娘は頭が良い。そして彼女にとって、いまの話はほんとうのことかもしれない。だけど、彼女はわたしとは異なる世界で成長した。モーゼは約束の地に入れなかった。わたしは終わりのない時間の生き方を学べない。

わたしに年を取って死ぬ決断をさせたのは愛ではなかった。時間から自由になりたいという願望だった。何度も何度もはじめなければならないことから自由になりたかった。「わたしは自分の数多い人生のなかであまりに長く待ってきたの」わたしは言った。「わたしたちに割り当てられた時間で終わらなければならないことがいくつかある」

「じゃあ、いままで生きてきたなかで最年長の女性は、永遠に生きるチャンスを得た最初の女性は、それを諦める最初の人間にもなるのね」キャシーは言った。彼女はわたしを強く抱き締めた。「あなたに死んでほしくない。死が生に意味を与えるというのは神話だわ」

キャシーが一度も会ったことのない父親とそっくりのことを口にできたのは謎だった。「もしそれが神話なら、それはわたしが信じている神話なの」

わたしは抱擁から離れ、目のまえに両手を掲げた──祈りのためではなく、身を守るためでもなく、説明するために──円弧《アーク》をこしらえるために。わたしの両手の指先は触れそうで触れなかった。

信仰に関わるあらゆる事柄とおなじように、理性に基づく議論で橋をかけられない飛躍がつねに最後にある。

だけど、何十年かぶりにわたしは創造する衝動を、作品を作る衝動を覚えた。

そしてこれがわたしが記者に語る物語だ。彼らの人間的興味を惹く記事のために。わたしの最後の作品はプラスティネーションではない。静止は真の死ではない。

そのかわり、ボディ＝ワークスの協力を得て、わたしは自分の老化を詳細に記録している。日々、高精度スキャンがすべての劣化していく感覚、すべての衰えていく器官、すべての機能の喪失を追っている。わたしの記録は、人体の死への旅をいまだかつてないほどもっとも完全な形で残すものになるだろう。存在についての嘘偽りのない真実のため、長く漸進的な幻想の剝奪の記録だ。甘いものではない――目を楽しませるものではないし、ときにはつらいものかもしれないし、往々にして退屈なものになるだろう。だけど、それがわたしの人生であり、まぎれもない真実なのだ。

いつか、わたしの子どもたちの子どもたちは、こんなべつの存在モードを考えるのが不可能になるかもしれない。生と死の括弧でくくられたこんなに短く、閉ざされた期間しか生きられないなんて。もしかしたら、わたしの経時的な記録は、あらゆる芸術作品とおなじように、理解の隙間に橋をかけてくれるかもしれない。

記者たちがいってしまうと、わたしは砂浜にいるデイヴィッドと子どもたち――セーラの子どもやキャシーの曾孫たち――に加わる。わたしはデイヴィッドの手を握る。わたしたちの皺だらけの手は冷たくもあり温かくもある。美しい午後だ。綺麗な貝殻を取り合い、砂に残していくわたしたちの足跡で模様を描くのにはうってつけだ。
子どもたちの矢継ぎ早の笑い声は、永遠の海の唸りよりもわたしの耳に大きく響く。

# 波

*The Waves*

はるか昔、天地がわかれた直後、女媧《じょか》が黄河の堤に沿ってそぞろ歩き、足の裏で豊かな黄土の感触を嚙みしめていた。

まわりでは花々が虹色に咲き誇っていた。その美しさたるや、取るにたらぬ神々が争ってこしらえた漏れを女媧が宝石を溶かした練り土で修繕しなければならなかった東の空の端のようだった。鹿や水牛が草原を駆け回り、金の鯉や銀の鰐が水のなかで浮かれ騒いでいた。

だが、女媧はひとりきりだった。話をする相手はひとりもおらず、この美しさを分かち合うものはひとりもいなかった。

女媧は水辺にしゃがみこみ、手に泥をすくい上げると、それを形にしようとしはじめた。ほどなくして、自分自身の小型版を作り上げた――丸い頭部、長い胴、手足と小さな手のひらと指を鋭い竹串で慎重に彫り上げた。

　女媧は両手でその小さな泥の人形をすくい上げ、口元に持ってくると、息を吐き、命を吹きこんだ。人形はあえぎを漏らし、女媧の手のなかでもぞもぞと動いて、わけのわからないことを口にしだした。

　女媧は笑い声をあげた。もはやひとりきりにはならない。小さな人形を黄河の堤に下ろし、あらたな泥をすくい上げ、また形作りはじめた。

　こうして土から人は作られ、土に帰っていくようになったの。ずっとね。

「それからどうなったの？」眠たげな声が訊ねる。

「あしたお話しします」マギー・チャオが言った。「もうおねむの時間よ」

　マギーは五歳のボビーと六歳のリディアを寝かしつけると、寝室の照明を消し、外に出て扉を閉めた。

　マギーはしばらくその場に立ち、耳を澄ました。あたかも船の回転する滑らかな外殻を通り抜ける光子の流れが聞こえているかのように。

　宇宙の真空のなかで巨大なソーラーセイルが音もなくぴんと張られ《ストレイン》、〈海の泡〉号は螺旋軌道を描いて太陽から遠ざかっていく。毎年毎年加速して遠ざかっていき、やがて太陽は鈍い赤色の星に、絶えず小さくなりつづける日没に変わった。

見てもらいたいものがある、マギーの夫にして一等航宙士のジョアンが心に囁いた。ふたりはそれぞれの脳に埋められた小型の光—神経インターフェース・チップを通じてたがいに交信できた。チップは大脳皮質の言語野の遺伝子組み換えされたニューロンを光のパルスで刺激し、実際の発話とおなじように活性化させる。

マギーはときおりそのインプラントのことを、一種の小型ソーラーセイルとして考えていた。そこで光子が懸命になって《ストレイン》思考を発生させている。

ジョアンはテクノロジーのことをもっとより現実的な言葉で考えていた。インプラント手術を受けてから十年経っているのに、彼はいまだにおたがいの頭のなかにいられるやり方を好んでいなかった。通信システムの利点は理解していた。頻繁に連絡を取り合えるようにしてくれる。だが、まるで自分たちがゆっくりとサイボーグに、機械に変わろうとしているかのように、ぎこちなく、異質に感じられるのだった。非常時以外にジョアンはけっしてインプラントによる通話を利用しなかった。

そちらにいく、マギーはインプラントでそう告げると、急いで船の中心により近い研究デッキまでの道を進んだ。ここでは回転する船殻によって発生している人工重力が比較的弱くなっており、ラボの場所は脳により多くの酸素を含む血液を流して頭の回転を良くするよう定められた、と入植者たちが冗談にしていた。

マギー・チャオは自給自足エコシステムの専門家であり、また若くて受胎能力があるため、このミッションに選ばれたのだった。光速の何分の一かの速度で航行するこの宇宙船では、おだやかな時間膨張効果を勘定に入れたとしても、おとめ座61番星に到着するまで四百年近くかかる。それによって子どもおよび孫たちを計画的に産む必要が生じた。いつか、入植者たちの子孫が三百名の元々の開拓者たちの記憶を異星の世界の地表にもたらすためには。

マギーはラボでジョアンと落ち合った。ジョアンはなにも言わずにディスプレイ・パッドを彼女に渡した。自分の編集済みのコメント抜きでなにか新たなことにマギー自身が結論を下せるよう、彼女に時間を与えるのが常だった。それは何年もまえ、ふたりがデートするようになったころ、マギーがジョアンについて最初に気に入ったいくつかの点のひとつだった。

「なんとも珍しいことで」マギーは要約をちらっと見て口にした。「地球がこの十年間でわたしたちに連絡してこようとしたのは、これがはじめてね」

地球にいる大勢の人間が、〈海の泡〉号は愚行であり、現実問題を解決できないでいる政府のプロパガンダ的努力だと考えていた。いまだに飢餓や疾病で死んでいる人々が地球にいるときに、何世紀もかかる恒星へのミッションを送り出すことが正当化できようか？打ち上げ後、地球との通信は最小限に限られ、やがて止まった。新しい政府は、高価な地上アンテナに金を出しつづけたがらなかった。ひょっとしたら、彼らは愚者たちを乗せたこの船のことを忘れたいと願っていたのかもしれない。

だが、いま、連中はなにかを言うために空っぽな宇宙の向こうから接触を試みていた。

メッセージの残りを読んでいると、マギーの表情が昂奮から不信へと次第に変わっていった。

「連中は不老不死の贈り物を人類全員でわかちあうべきだと信じている」ジョアンが言った。「最果てにいる放浪者たちとさえ」

通信文は、新しい医療手続きを詳述していた。小さな遺伝子改変ウィルス――分子ナノコンピュータと呼びたがる向きもいるだろう――が体細胞で自己増殖し、DNA鎖の二重らせんのなかをうろつきまわり、損傷を修復し、特定の分裂を抑制し、ほかの分裂を過剰発現させ、その正味の影響は、細胞の老化を停め、加齢を阻止するものだった。

人類はもはや死ぬ必要がなくなったのだ。

マギーはジョアンの目をじっと覗きこんだ。「この手続きをここで再現できる?」わたしたちは生きて別の世界の上を歩くことになる。リサイクルされた空気じゃない空気を吸えるようになる。

「ああ」ジョアンは答えた。「少し時間はかかるだろうけど、われわれにできるのは確かだ」そう言って、ジョアンはためらった。「だけど、子どもたちは……」

ボビーとリディアは偶然の産物ではなく、人口計画と胚選別、遺伝子の健全性、平均余命、資源の再利用および消費率を計算に入れた一組の入念なアルゴリズムの相互作用だった。

〈海の泡〉号に乗っている物質は一グラム残らず計算されていた。安定した人口を支えるのには充分あるが、ミスを許す余地はほとんどなかった。子どもたちの出生は、彼らが両親から学ぶ必要があることを学ぶ充分な時間が得られ、高齢者が機械に世話されて安楽死した際に彼らのスペースを引き継げるようタイミングを合わせなければならなかった。

「……われわれが着陸するまでに生まれる最後の子どもたちになるだろう」マギーはジョアンの考えの続きをしめくくった。〈海の泡〉号は大人と子どもの混合率を精緻に定めていた。糧食、エネルギー、その他数千ものパラメーターがみなその比率に結びついている。若干の安全域はあるが、この船は、必要カロリー量が最大の元気で不死の大人たちばかりで構成される乗員を支えられない。

「われわれが死んで、子どもたちを成長させるか」ジョアンが言った。「あるいは、われわれが永遠に生き、子どもたちをずっと子どものままでいさせるかのどちらかだ」

マギーは想像した——ウイルスはとても幼い子どもたちの成長と成熟過程を停めるために用いることは可能だろう。その子どもたちは何世紀も子どものままで、自分たちの子どもを作ることはなくなるだろう。

やがてなにかがマギーの心のなかでカチリと音を立てた。

「だから地球が突然わたしたちに興味をまた抱いたのよ」マギーは言った。「地球はただの大きな船にすぎない。もしだれも死ななくなったら、最終的にはスペースが足りなくなる。地球にとってそれ以上に切迫した問題はない。彼らはわたしたちを追って、宇宙に出なければならないんだ」

人間がなぜ存在するようになったかについてこんなにもたくさんの話があるのはなぜだと思う？　あらゆる本当の話にはたくさん話すことがあるからなの。

今夜は、別の話をさせてね。

世界がオスリス山に住んでいた巨人族《タイタン》に支配されていた時期があった。タイタン族のなかでもっとも偉大でもっとも勇敢だったのはクロノスだ。彼はかつて一族を引き連れて、父親にして暴君のウラノスに反乱を起こした。ウラノスを殺したのち、クロノスは神々の王になった。

だけど、時が経つにつれ、クロノス自身が暴君になった。ことによると自分の父親に対しておこなったことがわが身に降りかかってくるかもしれないという恐怖からか、クロノスは自分の子どもが生まれるやいなや、みな呑みこんでしまった。

クロノスの妻レアは、新しい息子、ゼウスを産んだ。息子を救おうとして、石を赤ん坊のように毛布にくるみ、クロノスを騙して呑みこませた。実際の赤ん坊のゼウスをレアはクレタ島に送り、そこでゼウスは山羊の乳を飲んで育った。そんな顔をしないで。山羊の乳はとても美味しいそうよ。

ゼウスがついに父親と相対する用意が整ったとき、レアはクロノスに苦いワインを飲ませ、いままで呑みこんだ子どもたち、ゼウスの兄弟姉妹たちを吐き出させた。十年間、のちにゼウスとその肉親たちがその名で知られることになるオリュンポスの神々をゼウスは率い、父とタイタン族との凄惨な戦いを続けた。最後には、新しい神々は古い神々に勝利をおさめ、クロノスとタイタン族は光のない黄泉《タルタロス》の国に追放された。

そしてオリュンポスの神々は自分たちの子どもを持つようになった。それが世界の有り様だったから。ゼウス自身もたくさんの子どもを持った。死すべき子どももいれば、死なない子どももいた。ゼウスのお気に入りの子どものひとりが、アテナだった。ゼウスの頭から生まれた女神だった。ゼウスの思考のみから生まれた。彼らに関する物語もたくさんあるわ。それについては別の機会に話してあげます。

でも、クロノスの側に立って戦わなかったタイタン族の一部は、追放を免れた。その一柱、プロメテウスは土からある種族をこしらえた。彼らに身を屈め、智慧の言葉を吹きこんだ。それが彼らに命を与えたの。

プロメテウスがその新しい創造物に、つまりわれわれ人間になにを教えたのかわからない。だけど、プロメテウスは、生きながらえて、息子たちが父親たちに立ち向かったのを見てきた神。新しい世代が古い世代にとって代わるのを、毎回世界が新しくなるのを目撃してきた。だから、プロメテウスがなんと言ったのか、推測できる。

　逆らえ。変化こそ唯一不変のものだ。

「死は安易な選択よ」マギーが言った。

「正しい選択だ」ジョアンが答える。

　マギーは頭のなかでその議論をつづけたかったが、ジョアンは拒んだ。彼は唇で、舌で、吐く息で、古いやり方で話したがった。

　不要な質量は一グラムであっても〈海の泡〉号から削り取らねばならなかった。壁は薄く、部屋と部屋の間隔は狭かった。マギーとジョアンの声はデッキやホールに響きわたった。

　船じゅうの、頭のなかでおなじ議論をしていたほかの家族は、話をやめて耳を澄ました。

「古い者は新しい者に道を譲るため死ななければならない」ジョアンが言った。「このミッションに参加することに同意したとき、〈海の泡〉号が着陸するのを生きて見ることはないとわかっていた。われわれの子どもたちの子どもたちが、何世代も先の人間が新しい世界を受け継ぐはずだった」

「わたしたちが自分の足で新しい世界に降り立つことができる。まだ生まれていない子孫たちに厳しい仕事を全部押しつけなくてもすむ」

「われわれには新しい植民地に生命力のある人類文化を伝える責任がある。長期にわたるこの処置がわれわれの精神衛生にどんな影響を与えるのかわからない――」

「じゃあ、わたしたちが同意した仕事をやりましょう――探査するの。どうなるのか調べて――」

「もしわれわれがこの誘惑に屈してしまったら、死ぬことを怖れ、古い地球の硬直化したアイデアしか持たない四百歳の集団として、着陸するんだぞ。どうやって犠牲心の意味やヒロイズムの意味、最初からやり直す意味を子どもたちに教えられるんだ？　われわれはまず人類とは言えないものになっているだろう」

「このミッションに同意した瞬間にわたしたちは人類であることを止めたの！」マギーはいったん口をつぐみ、声を落ち着かせようとした。「現実を見て、出産割り当てのアルゴリズムはわたしたちのことを、あるいはわたしたちの子どものことを気にしちゃいない。わたしたちは目的地に計画通りの最善の遺伝子集合を送り届けるための容れ物にすぎない。この狭い金属の管以外になにも知らずに何世代もここで生き死にさせたいとほんとに思っているの？　彼らの精神衛生が心配だわ」

「死はわれわれの種の成長に不可欠だ」ジョアンの声は信念に充ちており、そこにもう話し合いはたくさんだと思っている彼の願いをマギーは聞いた。

「人間性を維持するためにわたしたちは死ななければならないというのは神話よ」マギーは夫を見、心が痛んだ。ふたりのあいだには意見の相違があった。時間膨張と同様のけっして変わらないものがあった。

マギーは夫の頭のなかに話しかけた。自分の思考が光子に変容し、夫の脳を押して、意見の相違を明るく照らし出そうとしているところを想像した。わたしたちは、死に対して負けを認めた瞬間に人間であることを止めるのよ。

ジョアンは妻をまじまじと見た。彼はなにも言わなかった。心のなかでも、口に出してでも。言う必要があることはすべて言ったという彼なりの示し方だった。

ふたりはそんな風にして長いあいだじっとしていた。

最初、神は天使とおなじように人間を不死に造った。

アダムとイヴが善悪の智慧の実を食べようとするまで、ふたりは年老いることもなく、病気にもならなかった。昼間は園を耕し、夜はおたがいいっしょにいることを楽しんだ。

ええ、園は水耕栽培のデッキにちょっと似ているんでしょうね。

ときおり天使たちがふたりを訪ねてきた——遅れて生まれてきたため、通常の聖書に取り入れられなかったミルトンによれば——彼らはあらゆることについて話し、考えを巡らせたそう。すなわち、地球は太陽のまわりをまわっているのか、あるいはその逆なのか？

ほかの惑星に生命はいるのか？　天使にも性別はあるのか？　などなど。

いやいや、冗談を言っているんじゃないの。興味があればコンピュータで調べればいいわ。

つまり、アダムとイヴは永遠に若く、永遠に好奇心が強かった。ふたりは自分たちの人生に目的を与えるために、学び、働き、愛し、存在に意味を与えるために死を必要としなかった。

もしその話が本当なら、われわれは必ずしも死ぬ必要はなかった。そして善悪を知ることとは、すなわち、後悔を知ることだった。


「とっても変わった話を知ってるよね、大婆ちゃん」六歳のサラが言った。

「昔の話なの」マギーが答える。「わたしが小さな子どものころ、お婆さんがたくさんの話をしてくれ、わたしはたくさん本を読んだんだ」

「あたしにも大婆ちゃんのように永遠に生きてほしい？　母さんのように年取って、いつか死んでしまうのじゃなくて？」

「おまえがどうすればいいか、わたしには言えないな。大きくなったら、自分で判断しないと」

「善悪を知ることのように？」

「まあ、そんなものね」

マギーは身を屈め、自分の曾・曾・曾・曾……――とっくのむかしに数えるのをやめた――孫娘にできるだけ優しくキスをした。〈海の泡〉号の低重力で生まれた子どもたちはみな、骨が鳥のそれのように細くてきゃしゃだった。マギーは夜間灯を消して、立ち去った。

来月四百回目の誕生日を越えるものの、マギーは三十五歳から一日も歳を取っているようには見えなかった。不老の泉の処方箋、いっさい通信を絶つまえに地球が入植者たちに送った最後の贈り物は、みごとに効果があった。

マギーは立ち止まり、あえいだ。およそ十歳ほどの幼い少年が彼女の部屋のドアのまえに立っていた。

ボ、ボ、ボビー、マギーは言った。まだインプラントを埋めていないごく幼い子どもを別にして、いまでは入植者たち全員が発話よりも思考で会話をしていた。そのほうが速くて、より個人的だった。

男の子はマギーを見た。なにも言わず、なにも考えない。父親にとても似ていることにマギーは驚く。おなじ表情、おなじ癖、話さないことで話すやり方までいっしょだった。

マ、マ、マギーはため息をつき、ドアをあけ、少年のあとからなかに入った。

あと一カ月、男の子は足がぶらんぶらんしないようカウチの縁に座って言った。

船のだれもが日々をカウントダウンしていた。あと一カ月後に彼らはおとめ座61番星の第四惑星の軌道に入る。彼らの目的地、新しい地球に。

着陸したら、気持ちを変えるかしら――マギーはためらい、一拍置いてからつづけた――あなたの外見についての？

ボビーは首を横に振った。子どもっぽい癇癪を起こす兆しが顔を過ぎる。ママ、はるかむかしに決断したんだ。このままにさせて。ぼくはいまの姿が好きなんだ。

結局、〈海の泡〉号の男女は、永遠の若さの選択を個人に任せる決定をした。宇宙船の閉ざされたエコシステムという冷たい数学は、だれかが不老不死を選べば、船のほかのだれかが年老いて死ぬ選択をし、大人用の新しい枠が空くまで、子どもが子どものままでいなければならないことを意味した。

ジョアンは年老いて死ぬ選択をした。マギーは若いままでいる選択をした。ふたりは家族として座っていたが、少し離婚をしたような気がした。

「おまえたちのどちらかは成長することになる」ジョアンが言った。

「どっちが？」リディアが訊いた。

「自分で決めるべきだとわたしたちは考えている」ジョアンはそう言って、マギーを見やり、マギーは渋々うなずいた。

　子どもたちをまえにそんな選択を迫る夫を残酷で、ひどいとマギーは思った。実際にはどういうことなのか実体験に基づく考えが持てないときに成長したいかどうか、どうやって子どもに決められるというのだろう？

「不死になりたいのかどうかきみとぼくが決めるのとひどさにちがいはない」ジョアンは言った。「それがどういうことなのかわれわれは実体験に基づく考えを持っていない。そんな選択を子どもたちに迫るのはおぞましいことだけど、それをふたりに成り代わって親が決めるのはもっとおぞましいことだ」マギーはジョアンの意見がもっともだと同意せざるをえなかった。

　子どもたちにどちらの意見を支持するのか訊ねているようなものに思えた。だが、そこが分水嶺だったかもしれなかった。

　リディアとボビーはおたがいを見た。ふたりは声に出さない理解に達したようだった。リディアは立ち上がり、ジョアンのもとに歩いていき、父親を抱き締めた。同時にボビーはマギーのところにきて、母親を抱き締めた。

「パパ」リディアが言った。「あたしが選ぶときがきたら、パパとおなじように選ぶ」ジョアンは娘にまわした両腕に力をこめてうなずいた。

　すると、リディアとボビーは入れ替わり、たがいの親をふたたび抱き締めると、これで万事問題ないというふりをした。

処置を拒否した者にとって、人生は計画通りに進んだ。ジョアンが年を重ねるにつれ、リディアは成長した——最初は控え目なティーンエイジャーに、ついで美しい若い娘に。適性検査で予測されていたように工学の道に進み、彼女の良い連れ合いになるだろうとコンピュータが助言した、内気な若い医師キャサリンを好きだと心に決めた。

「あたしとともに年老い、死んでくれる?」ある日、リディアは顔を赤らめているキャサリンに訊いた。

ふたりは結婚し、ふたりの娘を得た——そのときがきたら、自分たちの代わりに大人になるように。

「この道を選択したことを後悔したことはないかい?」あるとき、ジョアンがリディアに訊ねた。そのころにはジョアンはとても年老い、病気になっており、二週間後にコンピュータは彼を眠らせ、二度と起きないようにさせる薬を投与することになっていた。

「いえ」リディアは両手で父親の手を包みながら言った。「なにか新しいものがあたしのかわりにやってきたとき、道を譲るのを怖れてはいないわ」

わたしたちがその〝なにか新しいもの〟ではないとだれが言えるの?マギーは考えた。

ある意味で、マギーの側が議論に勝ちつづけた。永年のうちに、ますます多くの入植者たちが不死者の列に加わることを決めていった。だが、リディアの子孫たちはつねにかたくなに拒んだ。サラは宇宙船に乗っている最後の不老不死処置を受けていない子どもだっいた。

た。彼女が成長したとき、夜のお話の時間を懐かしく思い返すだろうとマギーはわかっていた。

ボビーは肉体年齢十歳で凍結された。ボビーとほかの永遠の子どもたちは、入植者たちの生活にひどくぎこちなく溶けこんだ。彼らは数十年の──ときには数世紀の──経験を持っていたが、若年者の肉体の脳を維持していた。大人の知識を持っていたが、感情の振れ幅と精神的融通性は子どものそれのままだった。彼らは老いていると同時に若い状態でありえた。

彼らが船で果たすべき役割について、大きな緊張と対立があり、ときには、いったん永遠に生きたいと願った親たちが子どもの要求に従ってその枠を諦めるということも起こった。

だが、ボビーはけっして成長を求めなかった。

ぼくの脳は十歳児の柔軟性を持っている。どうしてそれを諦めなきゃならないの？　とボビーは言った。

リディアとその子孫たちといっしょにいるときのほうがより安らぐのをマギーは認めざるをえなかった。彼らはみなジョアンがしたように死ぬことを選んでおり、それは自分の決断に対するある種の非難と見なせうることなのだけど、マギーは彼らの人生のほうをより良く理解し、彼らのなかでより良く役割を果たせている自分に気づいた。

一方、ボビーといっしょにいると、彼の頭のなかでなにが起こっているのか想像できなかった。ボビーのことを少し薄気味悪いとときおり感じ、それは自分とおなじ選択をしただけのことであると思えば、少し偽善的な感情だと認めるのにやぶさかでなかった。

でも、成長するのがどういうことなのか、あなたは経験することがないでしょ、マギーは言った。少年としてではなく、大人として愛することがどういうことか。

ボビーは肩をすくめた。一度も経験しなかったことを残念に思うことはできない。ぼくは新しい言語をすぐに獲得できるんだ。新しい世界観を吸収するのは、簡単さ。いつだって新しいことが好きなんだ。

ボビーは発話に切り換えた。子どもらしい彼の声が昂奮と強い願望がこもって甲高くなる。「もし向こうで新しい生命や新しい文明に出会うなら、ぼくみたいな人間が要るんだよ。永遠の子どもが。彼らについて学び、怖れることなく彼らを理解するためには」

息子の声を最後に実際に聞いてからずいぶん長い時が経っていた。マギーは感動した。うなずいて、ボビーの選択を認めた。

ボビーは美しい笑みを浮かべた。いまだかつてこの世に生きた人類のほぼだれよりも多くのものを見てきた十歳児の笑顔だ。

「ママ、ぼくにはそのチャンスがあるんだ。ここにきたのは、おとめ座61番星第四惑星の最初の拡大写真の分析結果が出たことを知らせるためなんだ。住人がいるんだよ」

〈海の泡〉号の下で、惑星はゆっくり自転していた。その表面は六角形と五角形の区画からなるグリッドに覆われていた。どの多角形も直径が千マイル（千六百キロメートル）はあった。各区画の半分は黒曜石のように黒く、残り半分は灰色がかった褐色だった。おとめ座61番星第四惑星を見てマギーはサッカーボールを想起した。

マギーはシャトルの発着場で目のまえに立つ三人のエイリアンを見つめていた。いずれも百八十センチほどの身長だった。金属製のボディは、樽形で分節があり、棒のように細い四本の多関節脚の上に載っていた。

飛行体が最初〈海の泡〉号に接近してきたとき、入植者たちはそれが小型偵察機だと考えたが、スキャンの結果、生体物質が存在していないのが確認された。つぎに、入植者たちは、飛行体が自律飛行するプローブだと考えたが、こちらの宇宙船のカメラのまえに飛んできて、手を示して、レンズを軽く叩いた。

そう、手だった。それぞれの金属ボディのなかほどから二本の長くてしなやかな腕が現れ、その先端には、細かなメッシュ状の合金でできた柔らかくて柔軟な手がついていた。マギーは自分の手を見下ろした。エイリアンの手は彼女の手とおなじようだった——四本の細い指、向かい合わせになっている親指、柔軟な関節。

概して言えば、エイリアンたちはロボットのケンタウロスをマギーに思わせた。

個々のエイリアンのボディの最上部には、複眼のようにガラスのレンズが密集した球形の突起が載っていた。その目以外には、この〝頭部〟には、アクチュエーターに接続され、イソギンチャクの触手のように同時に動くピンが密集して並んでいた。

ピンはまるで波が通り抜けていくかのようにゆらゆらと揺れた。次第にピンは形を整えていき、ピクセルで描いた眉や唇や瞼になった――顔ができあがる。人間の顔だ。

エイリアンは話しはじめた。英語のように聞こえたが、マギーには聞き取れなかった。ピンの移動するパターンと同様、エイリアンの音素は一貫性を欠いて、とらえどころがないように思えた。

英語だよ、ボビーがマギーに言った。数世紀分発音の定向変化があったあとの。彼は、「お帰りなさい、人類のもとへ」と言ってるんだ。

エイリアンの顔の細かいピンが移動し、笑みをあらわにした。ボビーは通訳をつづけた。みなさんが出発したずいぶんあとからわれわれは地球を離れたのですが、われわれのほうが速く、数世紀まえに移動中のみなさんを追い越しました。われわれはここでみなさんをお待ちしていたんです。

マギーは世界が自分のまわりでぐるっとまわるような気がした。周囲を見ると、年配の入植者たちの多くが、不死人たちが愕然としていた。

だが、永遠の子どもであるボビーがまえに進み出た。「ありがとう」声に出してそう言うと、ほほ笑み返した。

お話をさせてちょうだい、サラ。わたしたち人類は、未知なるものへの恐怖を寄せ付けないでいるために物語につねに頼ってきたの。

マヤの神々がトウモロコシからどのように人間を造ったか話したけど、そのまえに、創造のために何度も試してみたのは知ってるかしら？

まず最初に動物たちができあがった――勇敢なジャガーや美しいコンゴウインコ、カレイの仲間、長い蛇、巨大な鯨やのんびりしたナマケモノ、虹色のイグアナ、すばしっこいコウモリ（いま挙げた動物はみんなあとでコンピュータで写真を見ることができます）。だけど、動物は甲高い声や野太い声で唸るだけで、創造者の名前を口にすることができなかった。

そこで神々は泥をこねて、ある種族を造った。だけど、泥の人間は形を保つことができなかった。水がかかると顔がだらんと垂れて、柔らかくなり、自分たちが取ってこられた大地に戻りたがった。彼らも喋ることができず、意味の無い音をガーガー言うだけだった。歪んだ形に育ち、子孫を残せず、自分たちの存在を永続できなかった。

神々のつぎの努力はわたしたちにとってもっとも興味深いもののひとつ。神々は人形のように木のマネキン族をこしらえた。可動する関節が四肢を自由に動かすことを可能にさせた。彫りだされた顔は唇を動かし、目を開けることを可能にした。紐のない操り人形たちは家や村に住み、忙しく暮らしを送った。

だけど、神々は、木製の人間たちが魂も心も持っていないことに気づいた。そのため木の人たちは創造主をちゃんとあがめることができなかった。神々は大洪水を起こして、木の人々を滅ぼし、ジャングルの動物たちに命じて、木の人々を襲わせた。神々の怒りが収まると、木の人々は猿になった。

そしてそのときようやく神々はトウモロコシに目を向けた。

木の人々がトウモロコシの子どもたちに敗れるのをほんとうに得心しているのだろうか、と不思議に思う人が大勢いる。ひょっとしたら、彼らは物陰に隠れて、盛り返す機会をうかがっているのかもしれない。創造の針路が逆転するのを虎視眈々とね。


黒い六角形の区画はソーラーパネルです、とおとめ座61番星第四惑星の三人の使節団リーダーであるアタックスが説明した。全部合わせて、惑星上の人間の居住者を支えるのに必要な電力を供給していた。褐色の区画は都市であり、巨大な計算アレーで、そこにヴァーチャルな計算パターンとして生きている数兆の人間がいた。

アタックスとほかの入植者たちが最初に到着したとき、おとめ座61番星第四惑星は、地球の生命が暮らしやすい場所ではあまりなかった。気温が高すぎ、空気はあまりにも有害で、既存の異星生命は、大半が原始的な微生物だったが、きわめて強い致死性を持っていた。

だが、アタックスと地表に降り立ったほかの者たちは、人間ではなかった。マギーがその言葉で理解している意味においては。彼らは水よりも金属主体で構成されており、もはや生体化学の限界に囚われていなかった。入植者たちは急いで鍛冶工場と鋳物工場を建設し、彼らの子孫たちはたちまちのうちに惑星全体に広がっていった。

ほとんどの場合、彼らはシンギュラリティに、すなわち、人工体であり、なおかつ有機体である全体的な世界意識にひとつにまとまることを選択した。そこでは思考が量子計算の速度で処理され、一秒のあいだに永劫が過ぎていった。ビットとキュービットの世界で、彼らは神として暮らしていた。

だが、ときおり、肉体への先祖返りの願望を覚えたとき、彼らは個人となり、機械のなかに具現化することを選べた。アタックスとその仲間たちのように。そこでは彼らはスロータイムで生きている。原子と星々の時間で生きているのだ。

幽霊と機械のあいだに明白な区切りはなかった。

「これがいまの人類の姿です」アタックスはそう言って、〈海の泡〉号の入植者たちのために、ゆっくりとまわって、金属の身体を見せた。「われわれのボディは鋼鉄とチタンでできており、脳はグラフェンとシリコンでできています。われわれは事実上、壊すことができません。ほら、われわれは船や宇宙服や何層もの防護服を必要とせずに宇宙を移動することができるのです。われわれは腐敗してしまう肉体を捨ててしまいました」

アタックスとほかの者たちは、まわりの古代人たちをじっと見つめた。マギーは彼らの黒いレンズを見つめ返し、この機械がどんなふうに考えているのか推し量ろうとした。好奇心？　郷愁？　哀れみ？

マギーは表情を変えつづける金属の顔に身震いした。血と肉の雑な模造品。マギーがボビーを見やったところ、少年はうっとりとしているようだった。

「もしみなさんが望まれるなら、われわれに加わることができますし、いまのままの姿を続けることもできます。もちろんわれわれの存在様式の経験がない以上、決めるのは難しいでしょう。でも、選択してもらわねばなりません。われわれがみなさんに成り代わって選択することはできないのです」

いい、いい、いいえ、なにか新しいものね、マギーは思った。

永遠の若さと永遠の命も、機械でいることの自由と比較するとそれほどすばらしいものに見えなかった。生きている細胞の混乱した不完全さのかわりに結晶母体の簡素な美しさを備えた考える機械になることを思えば。

ついに人類は進化を越えて、知的設計論《インテリジェントデザイン》の領域に進んだのだ。

「怖くないわ」サラが言った。

ほかの者たちがみな去ったあと、サラはマギーと二、三分いっしょに残りたいと頼んだ。マギーはサラを長く抱き締め、幼い少女は抱き返した。

「大爺さんのジョアンならあたしに賛成しなかったと思う？」サラが訊いた。「あたしはジョアンならするであろう選択をしないつもり」

「彼ならあなたに自分で決めさせたがるでしょうね」マギーは言った。「人々は変化する。種としても、個人としても。あなたがいま直面している選択肢を差し出されたら、ジョアンがどんな選択をするのかわたしにはわかりません。だけど、たとえどうなろうと、過去に自分の人生を選ばせちゃだめ」

マギーはサラの頬にキスをして、出ていかせた。一台の機械がやってきて、サラが変貌を遂げられるよう彼女の手を引いて連れていった。

あの子は不老不死処置を受けていない子どもたちの最後のひとりだった、マギーは思った。そして、機械になる最初の人間になろうとしている。

マギーはほかのメンバーの変身を見るのは拒んだものの、ボビーに乞われ、息子が順次置き換えられていくのを見守った。

「二度と子どもは持てないのよ」マギーは言った。

「ところがどっこい」ボビーは新しい金属製の手を曲げながら言った。元の手より、子どもの手よりはるかに大きくて強力な手だ。「無数の子どもを持てるんだ、ぼくの心から生まれた子どもをね」ボビーの声は辛抱強い教育プログラムの音声のような心地よい電子的音声だった。「ぼくがあなたの遺伝子を受け継いだのとおなじような確かさで、ぼくの子どもたちはぼくの思考を受け継ぐ。そして、いつか、もし彼らが望むなら、彼らのためにボディを作ってあげるつもりさ。いまこうやってぼくが適合しているのとおなじような、美しくて機能的なボディを」

ボビーは母親の腕に触れようと手を伸ばした。金属の冷たい指先が彼女の肌を滑らかにすべり、生きている組織のように撓《たわ》むナノ構造体を擦りつける。マギーはあえぎを漏らした。

ボビーはほほ笑み、数千のピンでできた細かなメッシュである彼の顔が面白がってさざ波を起こす。

マギーは思わずあとじさった。

ボビーの波打つ顔が凍りついて、真剣な表情に変わり、そののちなんの表情も浮かべなかった。

マギーは口にされない非難を理解した。なんの権利があって嫌悪感を覚えなければならない？ マギーも自分の体を機械として扱ってきた。たんに脂質とタンパク質からなる、細胞と筋肉からなる機械というだけだ。彼女の心も、殻のなかで維持されてきた。もともと予定されていた寿命をはるかに越えて生きつづけてきた肉の殻に。マギーもまた、ボビー同様、〝自然ではなかった〟。

それでも生きているような金属の枠に息子が姿を消すのを見て、マギーは泣いた。いい、いい、いい、この子はもう泣けないんだ、とマギーは考えつづけた。まるでその点が自分と息子を分けている唯一の部分であるかのように。

ボビーは正しかった。子どもとして凍りついていた乗組員たちは矢継ぎ早にアップロードする決断を下した。彼らの心は柔軟で、彼らにとって、肉から金属への変更は、たんにハードウェアのアップグレードにすぎなかった。

一方、年配の不死者たちは、躊躇し、自分たちの過去を、人間として最後の縁を捨て去るのに気が進まずにいた。だが、ひとり、またひとりと彼らもおなじように屈していった。

何年ものあいだ、マギーはおとめ座61番星第四惑星上にいる唯一の有機体人間でありつづけた。ひょっとして、全宇宙で彼女だけだったかもしれない。機械たちは彼女のために特別な家を建てた。熱と毒と惑星の絶えることのない騒音を寄せ付けない家だった。マギーは〈海の泡〉号のアーカイブに、人類の失われた過去の長い記録に目を通すことに没頭していた。機械たちはマギーを放っておいて、ひとりにしていた。

ある日、高さ六十センチほどの小さな機械がマギーの家に入ってきて、彼女に恐る恐る近づいた。その姿は仔犬を思わせた。

「あなたはだれ？」マギーは訊ねた。

「あなたの孫です」小さな機械は言った。

「じゃあ、ボビーはついに子どもを持つことに決めたのね」マギーは言った。「ずいぶんかかったもんね」

「わたしは親から生まれた五百三万二千三百二十二番目の子どもです」

マギーはめまいがした。機械への変身が済むと、ボビーはシンギュラリティとの一体化をすぐに決めたのだ。ふたりは長いあいだ話をしたことがなかった。

「あなたの名前は？」

「わたしにはあなたが考えているような名前がありません。でも、アテナと呼んでくれませんか？」

「どうして？」

「わたしが幼い頃、親がよく話してくれた話に出てきた名前なんです」

マギーは小さな機械を見、表情を和らげた。

「あなたは何歳？」

「それは答えるのが難しい質問です」アテナは言った。「わたしたちはヴァーチャルに生まれ、シンギュラリティの一部であるわたしたちの存在の一秒一秒が、数兆の計算サイクルで構成されています。その状態だと、わたしはあなたの一生で重ねてきた思考より多くの思考を一秒間でおこなっているのです」

マギーは孫娘を見た。小型の機械仕掛けのケンタウロスは、製造されたばかりでぴかぴか輝いているが、同時にほとんどの観点から見て、彼女はマギーよりはるかに年上で、賢明な存在だった。

「では、なぜあなたはわたしには子どものように見えるそんな外見をまとったの？」

「なぜなら、あなたの物語を聞きたいからです」アテナは言った。「いにしえの物語を」

まだ若者たちがいるんだ、マギーは思った。まだなにか新しいものを求めている。

古いものがまた新しくなってもいいじゃない？

そしてマギーもまたアップロードする決心を下した。自分の家族にふたたび合流するために。

はじめに、この世は毒が充満する凍った川が縦横に走っている巨大な虚空だった。毒は凝り固まり、垂れ、最初の巨人ユミルと、巨大な氷の雌牛アウズンブラとなった。

ユミルはアウズンブラの乳を飲み、強く育った。

もちろんあなたは牛を見たことがないわね。まあ、乳を出してくれる生き物で、乳というのはもしあなたにまだ口があれば飲むことができる……

あなたが電気を吸収するやり方に少し似ているかな。まだ若いとき最初は少ししか吸収しないけど、成長するにつれ、より大量に摂取して、あなたに力を与えてくれるの。

ユミルはどんどん大きくなっていったが、ついに三柱の神、ヴィリとヴェーとオージンの三兄弟がユミルを殺した。ユミルの屍から神々は世界をこしらえた——ユミルの血は温かくて塩っぱい海になり、ユミルの肉は豊かに肥えた大地になり、ユミルの骨は硬く、鋤の刃が立たない丘になり、ユミルの髪の毛は揺れ動く暗い森になった。ユミルの幅広い額から神々はミズガルドを作りだした。そこに人間が暮らした。

ユミルの死後、三柱の兄弟神が砂浜を歩いていた。砂浜の外れで、たがいにもたれあっている二本の木に出くわした。神々はその木からふたつの人型の人形をこしらえた。兄弟神の一柱が木の人形に命を吹きこみ、別の一柱の神が知性を授け、三番目の神が感覚と言葉を与えた。こうして最初の男性アスクと最初の女性エンブラが生まれた。

男女がかつて木から作られたのは疑わしいと思うでしょ？　でも、あなたは金属で作られている。木もおなじようにならないとだれが言えるかしら？

さて、名前の由来を話させてちょうだい。アスクは、トネリコ《アッシュ》からきた言葉。アッシュは硬い木で、火を熾《おこ》すための錐を作るのに用いられていた。エンブラはツル《ヴァイン》からきた言葉。

柔らかい木で、簡単に火がついた。たきつけに火がつくまで、火熾し錐を回転させる動きは、この話を語っている人々にはセックスのアナロジーを思わせ、だからこそそれが彼らの語りたがる本当の話になったのかもしれない。あなたたちの祖先なら、わたしがあなたにセックスのことをとても開けっ広げに語るのをけしからんと怒ったことでしょうね。その言葉はまだあなたには謎でしょうけど、その言葉にかつてあった魅力はなくなってしまった。でも、永遠に生きる方法を見つけるまえは、セックスと子どもたちが不死性にもっとも近いものとしてわたしたちのたどりついたものだったの。

活動が活発な蜜蜂の巣のように、シンギュラリティは入植者たちを絶え間なくおとめ座61番星第四惑星から送りだしはじめた。

ある日、アテナがマギーのところへやってきて、自分は具現化して自分のコロニーを率いていく用意が整ったと言った。

アテナと二度と会えなくなるのを思うと、マギーはぽっかりと穴が開いた気がした。では、たとえ機械になっても愛することは可能だったんだ。

いっしょにこない？ アテナは訊いた。あなたの子どもたちが過去となんらかのつながりを持つのは、良いことじゃないかしら。

そしてそう誘うアテナの喜びは電気的で伝染性があった。

サラが別れを告げにマギーのもとにやってきたが、ボビーは姿を現さなかった。自分が機械になった瞬間、母親が示した拒絶のせいでけっして許そうとしていなかった。

不死人でも後悔はするものね、とマギーは思った。

そして百万の意識がロボットのケンタウロスのような形をした金属殻のなかに自らを具現化し、新しい巣を見つけるため古い巣を離れていく蜜蜂の一群のように宙に上昇した。手足を畳み、優雅な涙滴のような形になって、自分たちの力でまっすぐ上昇していった。

上へ上へと進み、刺激臭のする大気を通り抜け、深紅の空を通り抜け、重たい惑星の重力井戸を脱し、太陽風の移ろう流れと銀河系のめまいがするほどの回転をたくみに操って、星の海を渡る旅へと出発した。

彼らは、何光年も何光年も、星々のあいだの虚空を横断した。自分たちよりもまえの入植者たちがすでに移住している、いくつもの惑星を通過する。それらの惑星には、いまや六角形のソーラーパネルが広範に広がり、独自の元気いっぱいのシンギュラリティが活発な活動を繰り広げていた。

彼らはさらに飛びつづけ、理想の惑星を、自分たちの新しい故郷になるはずの新しい世界を求めた。

飛んでいるあいだ、宇宙空間という冷たい虚無に対抗すべく、彼らは身を寄せ合った。知性や複雑性や生命や計算──あらゆるものが、巨大で永遠の虚無に対しては、とても小さくて、取るに足りないものに思えた。はるかかなたのブラックホールの強い求めと、爆発するノヴァの壮大な輝きを感じた。そして彼らはたがいにますます近づいていき、自分たちに共通している人間性に慰めを求めた。

半醒半睡の状態で飛びながら、マギーは入植者たちの物語を語り、撚り合わせた蜘蛛の糸のように自分の無線波を入植者たちの群れのなかで織りなした。


夢幻時間の話はたくさんある。たいていは秘密で、聖なるものとして隠されている。だけど、ごく一部の話は部外者にも話されてきた。これはそのなかのひとつの話。

原初、空と大地があった。大地は平らで特徴がなく、輝くチタン合金でできているわたしたちのボディの表面のようだった。

だけど、大地の下では精霊たちが暮らし、夢を見ていた。

そして時が流れはじめ、精霊たちは微睡みから覚めた。

彼らは地面を割って地表に出てきた。そこで動物の姿を取った──エミュー、コアラ、カモノハシ、ディンゴ、カンガルー、鮫……。なかには人間の形を取ったものもいた。彼らの形態はかたまっておらず、意のままに変えることができた。

彼らは地上をうろつき、大地の形を変えた。足で踏みつけて谷をうがち、押し上げて丘を築き、地面を掻いて砂漠をこしらえ、地面を掘って川を穿った。

そして彼らは子どもたちを産んだ。形態を変えられない子どもたちを――動物や植物や人間という子どもたちを。これらの子どもたちは夢幻時間から生まれたが、夢幻時間の一部ではなかった。

精霊たちは飽きると、自分たちがやってきた地中に戻っていった。そして子どもたちは取り残され、夢幻時間のあいまいな記憶しかなかった。時が存在するまえの時、それが夢幻時間だ。

だけど、彼らが戻ってこないとだれが言えよう？　彼らが意のままに姿を変えられ、時がなんの意味も持たない時がやってくれば？

そして彼らは彼女の言葉から目覚めて、別の夢に移行した。

ある瞬間、彼らは宇宙の虚空に浮かんでいた。まだ目的地から何光年も遠かった。次の瞬間、彼らは揺らめく光に囲まれていた。

いや、正確には光じゃない。彼らのシャーシの上に付いたレンズを通して、原始的な人間の目で見えるスペクトラム以上の波長の光を見ることができていた。まわりのエネルギー野が上限および下限を越えた波長に震えていた。

エネルギー野は、マギーとほかの入植者たちの亜光速飛行に合わせるようにスローダウンした。

今度はそんなに離れていない。

その思考は波のように彼らの意識を押した。あたかも彼らの論理ゲートすべてが共感して震えているかのようだった。思考は異質でもあり、馴染みのものでもあるように感じられた。

マギーは隣を飛んでいるアテナを見た。

いまの聞こえた？　ふたりは同時に言った。彼らの思考はおたがいに軽く触れた。無線波による愛情表現。

マギーは思考の糸を宇宙空間に伸ばした。あなたは人間なの？

一瞬の間が一秒の十億分の一つづいた。移動している速度からすると永遠にも思えた。

われわれはもう長いあいだ自分たちのことをそんなふうに考えてこなかった。

そしてマギーは思考やイメージや感情の波があらゆる方向から自分に押し寄せてくるのを感じた。圧倒的だった。

ナノ秒で、マギーはガス惑星の表面に浮かぶ喜びを経験した。地球を呑みこむほどの嵐の一部になって。恒星の彩層を泳ぎ、数十万キロも立ち上る白熱した噴煙やフレアに乗るのがどんな感じなのか知った。宇宙全体を自分の遊び場としながらも帰る家がない孤独を感じた。

あなたたちを追って、あなたたちを追い越した。

ようこそ、いにしえの者たち。今度はそんなに離れていない。

世界創成のたくさんの物語をわれわれが知っている時期があった。おのおのの大陸は大きく、おおぜいの人々がいて、それぞれが自分たち自身の物語を語った。

やがておおぜいの人々が姿を消し、彼らの物語も忘れられた。

これは生き延びた話である。歪められ、原型をとどめないほどずたずたに切り裂かれ、異国のものが聞きたがるように語り直され、それでも若干の真実はそこに残された。

はじめに世界は虚無で光もなく、精霊は暗闇のなかで暮らしていた。

まず太陽が目を覚ました。太陽は水を蒸発させて空にのぼらせ、大地を焼いて乾かした。ほかの精霊たち――人や豹や鶴やライオンやシマウマやヌー、カバまで――が次に起き上がった。彼らは平原をうろつき、昂奮してたがいに話をした。

だが、そのとき、太陽が沈み、動物たちと人はあまりにも怖くて動けず、暗闇のなかで座りこんだ。朝がふたたび訪れてやっと、全員がまた動きはじめた。

だが、人は毎晩待つのに満足していなかった。ある夜、人は火を発明し、自分自身の太陽を持った。みずからの意思に従わせることができる熱と光だ。それがその夜とそれ以降ずっと人と動物たちを分かった。

それゆえに人はつねに光を求めていた。人に命を与えてくれた光を、人が戻っていく先にある光を。

そして夜になると、焚き火を囲んで、彼らはたがいに真実の話を語った。何度も何度も繰り返し。

マギーは光の一部になることを決めた。

彼女は自分のシャーシを脱ぎ捨てた。自分の家である自分の体をとても長いあいだ放っておいた。何世紀も経っただろうか？　数百万年？　永劫？　そのような時間の尺度はいまやなんの意味も持たなかった。

いまやエネルギーのパターンとなり、マギーとほかの者たちは、合体し、伸び、ちらちらと光り、放射することを学んだ。マギーは自分自身を星々のあいだにぶらさげる術を学び、意識を時空間にかかるリボンのようにする術を学んだ。

銀河の端から端まで突っ走った。

あるとき、アテネであるパターンを横切った。マギーは光が笑い声のようにきらきらと輝いて、わが子を感じた。

これっってすてきじゃない、大婆ちゃん？　いつかサラとあたしのところにきてね！

だが、マギーが返事をするには遅すぎた。アテナはすでにはるか遠くにいってしまっていた。

ぼくのシャーシが懐かしい。

それはボビーだった。ブラックホールの隣に浮かんでいて出会ったのだ。

数千年間、ふたりは事象の地平線を越えたところからいっしょにブラックホールを眺めた。

これってとても素敵だね、ボビーが言った。だけど、ときどき、ぼくは古い殻のほうがいいなと思うんだ。

あなたは歳を取ってきたのよ、マギーは言った。わたしとおなじように。

ふたりはたがいを押しつけあい、宇宙のその区域が、笑い声をあげるイオン嵐のように一瞬、明るく輝いた。

そしてふたりはおたがいにさよならを告げた。

ここは素敵な惑星だわ、マギーは思った。

小さな惑星だった。ずいぶん岩がちで、大半を水に覆われていた。

マギーは川の河口近くにある大きな島に降り立った。

太陽が頭の上に浮かんでおり、ぬかるんだ川岸から水蒸気が立ち上るのが見えるくらい暖かかった。軽やかにマギーは沖積平野の上を滑空した。

泥はあまりにも誘惑的だった。マギーは止まり、エネルギー・パターンが充分強くなるまで自分の濃度を上げた。水をかきまぜ、豊かな肥えた泥をすくって川岸に積み上げた。それからその泥の山が人に似るように形作った——腰に手を当ててひじを張った腕、広げた脚、丸い頭。目や鼻や口にあたる曖昧なへこみやでっぱりをつける。

マギーはしばらくジョアンの彫像を見て、撫で、太陽に乾くのに任せた。

まわりを眺めると、陽の光のかけらをすべて吸収しようとしている明るいビーズ状のケイ素と黒い花に覆われている草の葉が目に入った。銀色の姿をしたものが茶色い水のなかを勢いよく泳ぎ、金色の影が藍色の空を滑空するのを見た。遠くで鱗に覆われた巨大な体軀の持ち主がのしのしと歩いて、吠えているのが見える。近くでは、川のそばで大きな間欠泉が熱湯を噴き上げ、温かい霧のなかに虹が現れた。

マギーはひとりきりだった。会話を交わす相手がだれもおらず、この美しさをわかちあうものがだれもいなかった。

神経に障るカサカサという音が聞こえ、音の源を探した。川から少し離れたところで、頭部のいたるところにダイヤモンドのような目がついている小さな生き物が、三角形の幹と五角形の葉を持つ木々が濃く茂っている森からこちらを覗いていた。

マギーはその生き物に向かって徐々に徐々に漂っていった。苦も無く彼らの内部に手を伸ばし、とある分子の長い鎖、次の世代への指示を担当する部分をつかんだ。マギーはほんの少しひねって、離した。

生き物は、自分たちの内部が調整される奇妙な感覚に悲鳴をあげて、そそくさと逃げていった。

マギーはなにも劇的なことをやったわけではなかった。たんなるささいな調整だった。正しい方向へ少し押しやっただけ。その変化は突然変異をつづけさせ、その突然変異はマギーが去ったあとも長いこと集積していくだろう。あと数百世代もすれば、その変化はスパークを起こさせるほどになるだろう。そのスパークがきっかけとなって、やがて生き物が夜の太陽の一部を生かしておくことを考えはじめ、万物の由来についてたがいに物語を語るようになるだろう。彼らは選択できるようになるだろう。

宇宙になにか新しいものを。家族にだれか新しいものを。

だけどいまは、星に戻る頃合いだ。

マギーは島から上昇をはじめた。眼下では、海が岸辺に向かって繰り返し波をぶつけていた。それぞれの波がそのまえの波に追いつき、追い越していき、砂浜のほんの少しだけ遠くに届く。海の泡のかけらが浮かび上がり、風に乗ってどこか知らないところに飛んでいった。

# 1ビットのエラー

*Single-Bit Error*

リディアに出会うまえ、タイラーの暮らしは、大方の人間の暮らしと同様、着実に増加する名前を必要としていた。

名前は記憶を別の言葉で言い換えたものに過ぎず、若いタイラーは、われわれがそれぞれの名前を人生で二度定義することをまだ理解していなかった――最初は未来の期待として、二度目はのちに、過去を要約するときに。

――「それからどうなったの？」

「なにもありゃせん」祖母が言った。「そのあとは末永く幸せに暮らしました。それでお終い」

「永遠にということ？」

「永遠に」

祖母に『眠れる森の美女』を読んでもらうまで、あらゆる物語が自分の両親とおなじような終わり方をするのだとタイラーは思っていた。「ふたりが死ぬ日までふたりは生きました。ときどきは幸せに」

――タイラーとほかの子どもたちはみな、転校生を避けた。だれよりもでかく、喧嘩相手を探しているようにみんなをねめまわしていたからだ。だが、ヤング先生の美術クラスで空いている席はタイラーの隣しかなく、かくしてオーウェン・ラストとタイラーは親友になった。

――タイラーは音楽が止むまで彼女を見ていた。ダンスに誘おうとした矢先、彼女のデート相手が姿を現した。「半時間で恋に落ちるというのは可能なんだ」タイラーは思った。紙切れに「アンバー・リア」と彼女の名前を書き、ビール瓶に入れてアルミホイルで封をすると、ロング・アイランド湾のできるだけ遠くに投げこんだ。

――フィッシャーマンズワーフで日光浴をしているアシカを見るまで、タイラーにとってサンフランシスコは単なる地図上の点だった。

――コーヒーハウスの自由参加のステージで、「誘惑《アリユール》、思いこみ《オブセッション》、欲望《デザイア》、献身《ディヴォーション》」という題の詩を朗読した。タイラーは女性客全員が笑い声をあげている理由がわからなかったが、オーウェンのうしろに座っていた女性に、手にしていた雑誌の香水の広告欄を見せられて合点がいった。リーナ・ライマンとタイラーは二カ月かっきりデートを重ねた。彼女のお気に入りの香水は、グッチの嫉妬《エンヴィ》だった。

――タイラーは空に明るく輝くあの星の名前を知らなかったが、新しい賃貸の部屋に引っ越し、台所で、鉢に盛られた新鮮なクレメンタイン（マンダリンオレンジの一種）の隣に捨てられた星図を見つけて知った。シリウス、天狼星のことを思うといつも舌に柑橘類の甘さを覚えた。

タイラーがはじめて彼女に会ったのは、自分のアパートから二ブロック離れた〈ホーリー・プレイス〉の裏の大型ゴミ容器《ダンプスター》のなかだった。タイラーは、有機栽培のジャガイモと放し飼い鶏の胸肉を運ぶための空箱を探しに店の裏にまわっていた（〈ホーリー・プレイス〉は、紙袋もビニール袋も信じていなかった）。

彼女はダンプスターのなかに立ち、賞味期限が切れたばかりのオリーブが入った巨大瓶を太陽に向かって両手で掲げていた。ダークブルーの木綿のタンクトップから肘の内側の皺とえくぼが覗いている。日焼けしたジンジャーレッドの髪の毛をいびつなおだんごにして黒いバレッタで頭のてっぺんに留めていた。そばかすが散って青白い顔に血色と元気さを与えていた。

彼女はタイラーのほうを向き、ダンプスターから漁ったほかのものの山にオリーブの瓶を置いた。唇がひび割れていた。煙草を吸ったり、統計なんてものともしないたぐいの唇だった。瞳は蛾の翅の色だった。ほほ笑もうとしているんだ、とタイラーにはわかった。

彼女の歯が白くて歯並びが悪いのかどうか知りたかった。

いままで目にしたなかで最高に美しい女性だ、とタイラーは思った。

「ここに捨てた物のほとんどは、少なくともまだ一週間は食べられるって知ってる？」彼女はタイラーに近くに寄るよう手招きした。「手を貸してくんない？」

ああそうだ、彼女はほほ笑んでいた。

記憶がどのように機能するのかについて、自分たちはそれなりにわかっていると、われわれは考えている。実際に起こったこと、すなわち夕食に食べたものの記憶と、起こりえたかもしれないが実際には起こらなかったこと、すなわちあとから思いついた当意即妙の返事の記憶、そして、たんに起こりえるはずがないこと、すなわちどのように日光が天使の目に反射して見えたかの記憶は、ニューロンのレベルではおなじ形でコード化されて脳に伝わる。これらを区別するには、論理と理性、それに間接参照《インダイレクション》のレベルが必要である。このことは、われわれの現実形成は記憶に基づいていると信じているかぎり、一部の人間には厄介な問題である。もしこうした記憶を区別することができないなら、なんでも信じさせられてしまうかもしれないからだ。

哲学と宗教がもたらす慰めは、両方とも人が記憶の型を分類する手助けとなり、起きているときの暮らしの（実際には明確ではない）信憑性にしっかりつかまらせてくれる。

タイラーがとても幼かったころ、この世でいちばん好きな人は祖母だった。大人が理解できるのだから子どもにもつねに真実を伝えるべきだと信じている両親と異なり、祖母がタイラーの知識の欠けたところ——サンタクロースや復活祭の兎（子どもに贈り物を持ってくると言われている）、神——を埋めてくれたからだ。両親がいつも忙しさに追われ、少し真面目すぎる一方、祖母はいっしょにいると安堵感があり、タイラーの気持ちを高揚させてくれる明るさがあった。何度か、タイラーの両親がいないときに、祖母は彼を教会に連れていった。聖歌や色鮮やかなステンドグラス、そして、そこにいると、つまり大きくてがらんとした空間に祖母の温もりを隣に感じながら堅いベンチに座っていると感じた安堵感が好きだった。

祖母が亡くなったとき、タイラーは悲しみに打ちひしがれた。だが、たいていの大人とおなじように、大きくなると子どものころのその愛情の激しさを抽象的な形でしか思い出せなくなった。成熟を価値あることと見なすというよくあるミスを犯して、タイラーは祖母に抱いていた愛情を、想いの強さと愛情深さの足りていない幼い子どもならではの感情だと思いこんだ。

それでも、祖母が亡くなってから何年も、タイラーは祖母とのあるやりとりの記憶に苛まれた。五歳かそこらだった。タイラーは祖母と食卓でなにかのボードゲームをしていた。タイラーは昂奮して脚を振り上げ、繰り返し祖母の臑《すね》を蹴った。祖母は止めるよう頼んできたけれど、タイラーはくすくす笑って止めなかった。ついに祖母が怖い顔でタイラーをにらみ、もし蹴るのを止めないならもう遊ばないからとたしなめたとき、タイラーは祖母に地獄に落ちろと言った。

タイラーの心のなかでは、祖母が顔を強ばらせ、色を失ったのを見ることができた。そしてタイラーが覚えているかぎりそれ一度だけだったのだが、祖母が泣きだした。自分自身の大きな混乱も覚えていた。「地獄に落ちろ」というのは、ほかの人たちが口にするのを聞いたことがある言葉にすぎなかった。両親はあまり宗教がらみの発言をしなかったので、タイラーにとって、〝地獄〟はさしたる神秘性や力のある言葉ではなかった。当時、タイラーは、「地獄」が人のいきたがらない場所だとあいまいにわかっていたくらいだった。暗い地下室やもっと暗い屋根裏部屋のようなところだと。祖母が泣いており、自分がその理由すらわからないことを腹立たしく思っていたのを覚えていた。

十代になってもその記憶のことでタイラーは疚《やま》しさを感じていた。彼にとって、その出来事は、自身の残酷さ、無知、自分が実際には善人ではないという可能性に対する不安や恐怖を端的に表していた。とても愛していた人をいともたやすく、ろくに理解せずに多大な苦痛を味わわせたという事実がタイラーを深く悩ませた。

ある日、タイラーは古い家族写真アルバムに目を通していた。そのなかに昔暮らしていた家の台所の写真があった。その小さな台所は、中央に調理台があり、タイラーの記憶のなかにあった食卓を置くスペースがどこにもないことを知って、彼は驚いた。その記憶のなかの一個のエラーを見つけたことで、ほかの事実が次から次へ思い出された。家族がいつも食事をしていたのはダイニングであり、ボードゲームをするときはかならずリビングのコーヒーテーブルの上であったことをタイラーは思い出した。永年にわたってひどく心を傷める原因となった記憶の出来事は起こったはずがなかった。どういうわけか、タイラーは想像のなかで全部の場面をこしらえていたのにちがいなかった。実際になにがあったのか説明するのは、それほど難しいことではない、とタイラーは思った。祖母の死がおそらく捨てられた思いと疚しさをタイラーに感じさせた。混乱のなかで物語本から構成要素を抜き取り、おのれを罰するためにこの記憶をゼロから想像したのだ。重要な縁者を失った幼い子どもにだれでも起こりうるたぐいの幻想だった。それを悟って、泣いている祖母のイメージは記憶のなかで薄れていき、ますます信じがたいものになっていった。

間違った記憶のなかにひとつのエラーを見つけることができたのは、とても運が良かった、とタイラーは思った。そのおかげで、現実と幻想を区別する方法を論理的に導きだせた。それが一人前の大人になる瞬間だと感じた。

にもかかわらず、その発見には若干の悲しさを覚えもしたと認めざるをえなかった。その記憶がどれほど空想上のものであっても、それは祖母への愛情の一部でもあった。その記憶が納得できる真実のオーラを失ったとき、祖母の一部もそれとともに死んだも同然だった。あとに残った空しさにつける名前をタイラーは持たなかった。

世界最高のピスタチオ・アイスクリームは、メキシコのロス・アルダマスの〈ドーラのアイスクリーム・パーラー〉で出される。タイラーがそれを知っていたのは、実際にその店にいるときに、首のうしろをエアコンで冷やされ、埃っぽい窓ガラスのひび割れを通じて陽光が射しこんできたなかでピスタチオ・アイスクリームの小カップをわかちあいながら、リディアがタイラーにこう言ったからだ――「ええ、もちろんそうする。さあ、そうしよう」

一月まえ、タイラーは、リディアを手伝って、〈ホーリー・プレイス〉のダンプスターから回収したオリーブとパンとグレープジュースを彼女のアパートに運んだ。たまたま、タイラーの部屋のある建物とおなじ場所で、階数は一階下なだけだった。リディアの部屋にあるわずかばかりの家具は、シーツをかけた段ボール箱だけだった。まるでミニマリストの芝居のセットにいるかのようだった。

リディアは床に毛布を広げ、ふたりは十二×十フィート（約十二平方メートル）のワンルームで午後もなかばのピクニックをした。リディアはパンを細かく割り、タイラーに分け、ふたりは瓶からグレープジュースを飲んだ。

「聖餐式」リディアは言った。「リディア風の《ア・ラ・リディア》」人が〝カラブリア風チキン、祖母のレシピの〟というのと同じ口調で言った。冗談に聞こえなかった。彼女は瓶からオリーブをタイラーに差し出した。

タイラーが最後に祖母とともに教会にいってから長い月日が経っていた。こういう場合どう言えばいいのか、タイラーはわからなかった。だが、彼女といっしょにいて、彼女の顔を見ていたかった。その顔はほんのときたま笑みを浮かべることはあったものの、幸せに充ちた顔で、タイラーはそれを熱線のように感じた。

タイラーは銀行のデータベース・プログラマーだと自分の仕事を紹介し、夜はノートに書き殴り、紫煙に煙《けぶ》るコーヒーハウスで自分のように夢を抱えている若い男女に詩を読み上げているんだと話した。自分の人生でもっとも重要な名前の一揃いとその背後にある物語を彼女に話した。喋っているあいだ、タイラーは彼女の顔に驚愕し、また自分がすでに彼女の虜になっていることにも驚愕した。

タイラーはリディアに質問した。いままさに恋に落ちようとしている女性の人生を知りたかった。彼女の名前のコレクションを理解したかった。

リディアはニュー・カムデンで育った。ボストンとニューヨーク間のハイウェイ沿いに点在する準郊外の高級住宅地。似たような町は何千となくある。生まれるまえに亡くなっていた祖母にちなんで名づけられた。幼いころ、母はリディアを〝エンドウ豆の莢《ピーポッド》〟と呼んだ。丸ぽちゃで太陽が好きだったからだ。父は娘を〝プリンセス〟と呼んだ。父親というものは全員娘をそう呼ぶものだと思っていたからだ。

中学生の期間の大半、リディアは自分が何者なのかわからなかった。両親は喧嘩を繰り返し、やっと喧嘩が止んだとき、父は娘をリディア・ゲティと呼びつづけたがり、母は娘をリディア・オスカンレインと呼びたがった。リディアは夏になるとアリゾナ州の父親の新しい家で過ごし、夜ごと父親は自分の友人たちに会わせるため娘を連れ出した。父の友人たちは彼女を〝ベビー・シャーク〟と呼んだ。ポーカーでこてんぱんにリディアに負かされたからだ。学校では女友だちは彼女を〝リディア・オハラ〟と呼んだ。彼女のお気に入りの色が赤だったからだ。男の子たちは彼女を特別な名前では呼ばなかった。彼らが知るかぎりでは、彼女はだれともキスしていなかったからだ。

高校では、彼女はリディア・ザ・ハッパ吸い《ポットヘッド》だった。男の子たちにはいずれも的外れな理由で人気者だった。母親には二度と思い出したくない色々な名前で呼ばれた。あるとき、ひとりの男の子の車でボストンの建物に連れていかれ、そこではドライブウェイに沿って並んでいる怒れる男女が、まえを歩いていく彼女に向かって手にしていたプラカード類を振り、悪口雑言を投げつけて彼女を震え上がらせた。あとで小さな白い部屋で横になり、恢復《かいふく》処置を受けていると、看護師に外の騒音は無視し、自分のことを〝とても勇敢な若い女性〟だと想像してみるように言われた。

リディアは眠りに落ちた。部屋が揺れたのを感じて驚いて目覚めた。その瞬間、彼女の人生は変貌を遂げた。天使アンブリエルの降臨を受けたからだ。蛾の翅の色の目を持つ天使がやってきた。

天使降臨のたいていの報告と異なり――いま耳にしていることをまだあまり理解できずにいるタイラーにリディアは言った――天使は降臨対象相手との会話に携わらないものだ。降臨のパワーは、神の一部である天使自身の存在からすべてやってくるものだった。

何百万人ものほかの人と同様、リディアの人生は、極端な苦難に充ちたものではないものの、その時点でたっぷりと失望と裏切りを味わっており、教会が彼女に教えこむことができたわずかばかりの信仰も失っていた。神は現実においてニューロンとおなじ状態だった。

ところが、いま、リディアは天使を目のあたりにし、アンブリエルの光に目を貫かれ、心が充たされるのを感じた。その痛みはあまりにすばらしくて、目をつむることなど考えもおよばなかった。なにかについてこれまで学んできたすべてがたんに間違いであり、見当違いだった。アンブリエルの光は、リディアの両親のあいだの気まずい沈黙を明るく照らし、高校生の社会生活として知られるゼロサム・ゲームで負った新旧の傷を照らし、ありふれた人生の取るに足りない、混乱した、絶望的な矛盾を照らしだした。その光のなかでは、すべてが理路整然とし、良識があり、なによりも美しかった。

その瞬間、リディアは一新された。神への大きな愛に充たされ、なぜ地獄がほんとうは神の不在であり、火や硫黄（地獄の責め苦の謂い）とはなんの関係もないのか、ついに理解した。

そのとき、タイラーは、自分が心をわしづかみにされたリディアの顔に見たものの正体を知った。その顔に、われわれが祝福されたと呼んでいる類の幸せの徴《しるし》を見たのだ。祝福されるためには、恐怖を持たない状態にならなければならない。恐怖、すなわちそれは充たされぬままでいる願望の別名である。しかし、たとえ天使を介在したとしても、神の明白な存在をまえにして、充たされぬ願望などリディアには無意味なものになった。降臨のあとで唯一残った恐怖は、神の存在が否定されるかもしれない恐怖だった。だが、神に届くために唯一必要なのは、神を愛することであり、神の実在の喜びを経験したあとで神を愛さないというのは不可能であるため、リディアの救済は保障されていた。

その瞬間、リディアは自分が何者なのか知った。救われた者のひとりなのだ。これは、ドラッグや悪態をつくことを諦めなければならないことを意味するのではなく、あるいは白いローブをまとって、往来に出て、人々の家のドアにパンフレットを押しこまねばならないということでもなかった。たんに、このまま人生を送ることができ、将来自分のすることはすべて喜びに充ちたものであろうという意味だった。なぜなら、彼女は神を愛しているからだ。

そしてタイラーもリディアを愛した。なぜなら神の光が、リディアを通じて屈折して届くまでのあいだに弱くなってはいても、タイラーにも届いたからだ。弱くはあってもタイラーの目をくらませた。

タイラーはリディアを詩の朗読会に連れていった。そこでリディアは、詩を書きたがって紫煙に煙《けぶ》る地下のカフェに集まっているタイラーの友人たちに会った。スポットライトの円錐形のなかで詩を読んでいると、タイラーはカフェの薄暗い光のなかで、リディアの光輝く顔と赤い髪に当たる明るい後光を探した。なぜなら、タイラーが詩を朗読するのを耳にすると、リディアがほほ笑むからだ。タイラーはリディアがほほ笑んでいるのを見るのが大好きだった。

なぜならリディアがチャールズ・ラムの詩の弱強格を聞き分けられないから。なぜならリディアが石鹸と陽の光の匂いがするから。なぜならいっしょに星を見にいこうよというとき、リディアは本気でそのつもりだから。なぜならregardlessというべきところをirregardlessと言ってしまう人のことをタイラーがばかにしたとき、リディアに言われて辞書を調べてみたら、それもちゃんとした単語であるとわかったから。なぜならリディアが笑い声をあげる何分の一秒かまえに彼女が笑うのがいつもわかるとタイラーは知っていたから。

タイラーの友人たちは、リディアがアンブリエルとの出会いの話をするのをはじめて耳にすると、どう言ったらいいのかわからなかったものの、すぐに彼女を好きになるのだった。天使を見たと主張する人間に予想されるようなところがリディアにはなにもなかったからだ。リディアは彼らのだれよりも酒に強く――どんなに酒に酔っても、オフィスにいるよりバイクにまたがって道路に出たがっているように見えるオーウェンより強かった――そして酔っ払うと、タイラーにウインクして、囁くのだ。「あたし危険よ、あなたを空気みたいに食べちゃいそう」

日曜日にリディアは教会にいかなかった。一度も教会にいっていなかった。なぜなら教会が彼女に与えられることはなにもなく、いずれにせよ、市内のたいていの教会は、彼女の話を迷惑に思った。そのかわり、リディアは同じく天使降臨を受けた人々と、天使降臨をされたがっている人々との会合にタイラーを連れていった。その手の会合は教会や図書館の地下でひらかれ、たくさんの折り畳み椅子と風味の抜けたコーヒー、それにたくさんの絶望と自己啓発本の棚から盗用したフレーズで構成されていた。自分がこうした会合にいるのはどうしてなのかタイラーは不思議に思うことがよくあったが、それもリディアが自分の話をするときに顔に浮かぶ光を見るまでのことだった。

ふたりは仕事のあとで市内をぶらつくことがあった。太平洋沿岸の小都市を車で訪れる短い旅に出ることもあった。重要なことからつまらないことまであらゆることを話題にした。その間ずっとタイラーはリディアの顔に見入り、信じたいと願った。

ダンプスターのなかで彼女に会った日から、ええ、あなたと結婚するわと言った日までの一カ月、その間ずっとリディアはタイラーにピスタチオ・アイスクリームを与えつづけたのだが、タイラーの人生でもっとも幸せな一月だった。

唯一の問題は、それでもタイラーは神を信じていなかったことだ。

ロス・アルダマスから戻る途上、リディアは助手席で眠りに落ちた。道路はまっすぐで、路面は滑らかであり、車の数は少なかった。タイラーは車の自動速度制御装置《クルーズコントロール》を入れ、脚を伸ばした。手を伸ばしてリディアの手に触れ、眠っている姿を一目見ようと横を向いた。のちに、隣の座席でリディアがゆっくりと死んでいくのを見つめていながらなにを感じたか思い出そうとして、自分自身の体の痛みをなにも思い出せないことに気づいて驚いた。彼女の体は逆さになり、シートベルトで支えられており、背中がありえない角度に折れ曲がり、潰れた車の屋根が彼女の両腕をはさんでいた。

だが、そんなはずはなかった。タイラーの両脚は折れ、炎の熱は、顔と両腕を覆う火傷から判断するに、車の残骸のなかで、彼が座っていた側のほうが激しかったはずだった。やっと病院でひとりで上体を起こせるくらい恢復したとき、タイラーは自分の左目が見えないのは恒久的なものになるだろうと知った。

とりあえずそれはさておき、事実として、タイラーが思い出せるのは、あたしはもう助からない、どこも痛くない、天国で会いましょうとリディアが言ったとき、彼女がとても冷静で怖れていなかったことだ。

そして彼女は大きく目を見開き、「ハロー、アンブリエル」と言った。

タイラーは彼女がいま見ているものを見ようとして座席の上で体をひねろうとした。自分にはなにも見えないだろうとわかっていたとはいえ。ハンドルが邪魔をして、何秒か経つとタイラーは諦めた。その数秒をのちにタイラーは後悔することになる。なぜならリディアの顔から目を離したすきに、その数秒のあいだに彼女が死んだからだ。

もしタイラーが敬虔な人間なら、リディアと天国で再会する期待に慰められただろう。あるいは、神に怒りをぶつけ、ヨブがおのれの人生を受容したように自分の人生を受容できるようになるまで神を咎《とが》めることもできただろう。だが、タイラーは、神も天国も信じていなかった。

しかし、信仰の欠如もタイラーに慰めを与えられなかった。というのも、タイラーはリディアのあの光のせいで彼女を愛していたのであり、リディアから聞いたこと以外にその光の説明はなく、あるいはその名前を知らなかったからだ。彼女の信仰がタイラーの愛したものだった。

信仰の欠如を続ければ、リディアの喜びを幻想だと断じることになり、それはリディアの思い出のまさに神髄を殺してしまうことになるだろう。だが、信じるためには、自分の心のなかの幻想と現実の壁を壊し、幻覚だと自分には思えるものを事実として受容する必要があるだろう。リディアが生きているあいだは、彼女を愛しているかぎり、タイラーはその決定を先延ばしできた。だが、彼女の死は、タイラーに選択を迫った。

ようやく恢復すると、タイラーは友人たちから遠ざかった。仕事を辞め、電話線を引っこ抜いた。

彼がしたのは、事故について自分にできるかぎりのあらゆることを突き止め、なにがあったのか理解しようとすることだった。それは難しかった。事故の捜査にあたった人間ですら見つけられたことがほとんどなかったからだ。また、埋めなければならないブランクがたくさんあった。だが、タイラーには時間がふんだんにあった。

プログラマーの仕事の多くは——タイラーは読んだ——変数と値のあいだの間接参照《インダイレクション》の階層《レベル》をつなぐ網の目状のリンクを解きほぐすことで成り立っている。

変数は名前と同意義の電子的記憶である。個々のビットと作業する代わりに、ひとかたまりのメモリを変数として命名できる。変数はどんな命名もできる。たとえばスロットルの設定、社会保障番号、ディスクを消去するサブルーチンなどと。

不幸にして、ある変数がそれを指すことになっているものを指しているかどうか、あるいはなにかを指しているかどうかを知るすべはない。ビットのレベルでは、コスタリカの蝶の数は、オーストラリア沖合の熱帯性低気圧の速度とちがいがない。

これは、変数と値との対応は、プログラムが正しいものであるという根拠の薄い主張を基盤にして成立しているかぎりにおいて、すべてのプログラマーにとって厄介な問題である。ある変数が実際にはvoid（意味を持たない型）を指しているときになにか実体のあるものを指名するようコンピュータに確信させることができるなら、すべての仮定はおじゃんになる。

プログラマーが確実な現実と架空の大失敗の違いをわけておくプログラムを書けるよう、変数型チェックシステムが導入された。このチェックシステムはプログラミング言語に組みこまれた数学構造であり、スロットルの設定用の変数が、たとえば、車の現行加速を制御するための変数を絶対に指さないようにする。変数型チェックシステムは道徳観念を持たないビットの海の狂気に、絶対に正しい命令という慰めをもたらした。

現代の多くのほかのクルーズコントロール・システム同様、タイラーの車に備わっているものは、特定目的のプログラムを走らせているマイクロコンピュータに依存していた。

このプログラムがそのジョブを正しくおこなうのは、まちがいなく非常に重要だった。タイラーの車のプログラムは、自分が正しくやることに人の生命がかかっているのを理解しているプログラマーによって書かれた。だが、それ以上に、プログラム自体が、とても強い変数型チェックシステムを持つ言語で書かれていた。どれくらい強いかというと、プログラマーがどれだけ賢くあろうと不注意であろうと関係なく、変数型チェックを通ったプログラムは、変数がギア変更のサブルーチンを指すための燃料レベルを指す宣言をけっして許さないことを保障する数学的証明が存在していた。これはビットの世界で手に入りうる絶対無謬《むびゅう》にほぼ等しかった。

これらのことは、タイラーが安心して座席にもたれかかるには充分な理由があったことを示していた。

およそ二千年まえ――タイラーはさらに読んだ――キリストが生きていたころ、カシオペア座が大きく目立つ空の一画にひとつの星があった。その星は年老い、死にかけていた。ある冬の夜、その星は超新星爆発を起こした。

その爆発から無数の陽子と中性子が生まれ、古い星の残骸から恐るべき速度で離れていった。それらは宇宙線と呼ばれ、その大半は時の終わりまで空っぽな宇宙を押し進んでいくだろうし、その運命にわれわれが関心を寄せる必要はない。

だが、二千年間、暗闇のなかを孤独に旅してきて、七月の晴れたある日、一個の陽子が地球に到達した。その陽子は電離層を貫き、地球の電磁場を優雅に避け、濃さを増していく空気のなかをまっすぐ進んで、ほとんど速度を落とさなかった。その日、カリフォルニアの砂漠にまっすぐ飛びこんで沈んでしまうはずだったのに、なにかが途中で邪魔をした。その瞬間、リディアは眠っていて、タイラーは彼女を見ようとして一瞬道路から目を離した。眠っていても彼女の顔は神々しい光を湛《たた》えていた。ふたりの乗っていた車ははるか昔に死んだ星から抜けだしてきたたった一個の陽子の行く手を遮った。

陽子は金属のボディにまるっきり関心を払わず、合成樹脂にはさらに興味を示さなかった。陽子はそれらを貫き、一瞬、そのまま旅をつづけるかに見えた。陽子が極微量のシリコンに出くわしたとき、二千年間ではじめて、感知できる物質に興味を抱き、そこから電子をはじき出すことに決めた。

シリコンのそのビットは、たまたまコンデンサーの一部だった。同様のコンデンサーやトランジスタは何百万とあり、それらのいずれも、その瞬間タイラーの車を制御するプログラムを走らせているコンピュータのメモリを構成する集積回路の部品だった。はじかれた電子の不在は、確かに、一般的にはどういう基準でも取るに足らないささやかなものだったが、それで充分だった。

電子が欠けたことで、1を表すのに用いられていたビットが0と解釈されることになり、そのビットがたまたま変数を保持するメモリ・セルのなかに位置していた。そのビットの切り替わりは、エンジンのスロットルの設定を計算するサブルーチンのアドレスを与えることになっていた変数が、燃料流量レートのある値を指すことを意味した。その変数が指すはずだった場所から正確に一〇二四バイト外れていた。

これはこのプログラムが書かれた言語の変数型チェックシステムが防ぐ設計になっていたたぐいの逸脱だった。あるサブルーチンを指すことになっていた変数は、けっして数値データを指せることにはなっていなかった。ところが、いったんそれが起こると、ほかのどんなことでも可能になった。


回路基板上の1ビットのエラーが、プログラム言語の数学的に完璧な変数型チェックシステムを破ることができたなら、脳の1ビットのエラーが看護師と天使の違いを判別するシステムを破りうるというのも考えられないだろうか、とタイラーは推論した。必要なのは、ひとつの神経接続が壊れ、ランダムにどこかほかのものにふたたび繫がることだけだ。繫がるはずのないどこかに。そして記憶の型同士の壁がすべて崩れ落ちる。

となれば、リディアの見たアンブリエルの降臨、そして彼女の信仰は、たんにニューロンの不着火の結果だった。疲労やストレスや彷徨っている素粒子や、それこそどんなものでも引き金になって、あのはるか昔のボストンのクリニックで起こりえたかもしれない不着火。祖母を泣かせた記憶をでっちあげたのとまさにおなじ過程だった。

信仰への道を納得して進むために、必要なのは1ビットのエラーだ、とタイラーは考えた。

予想に反して、この説は、タイラーの心のなかでリディアの信仰を軽んじたり、貶めたりはしなかった。というのも、この説明で、タイラーは理性的にリディアの人生を理解できたからだ。リディアの信仰をエラーと呼ぶのは、ふたりの世界のあいだの隔たりを繋ぐ間接参照《インダイレクション》のレベルだった。

さらに言えば、エラーはいったん理解されれば、誘発することができた。技術力の高い者なら、ハードウェアに計画的にエラーを誘発することで、最高のセキュリティ・ソフトウェア・システムを破ることができる。おなじようにして合理的生物である人間がみずからに信仰を誘発することはできないだろうか？

タイラーは自分自身の脳に1ビットのエラーを誘発してみようと決めた。もしリディアに会うための唯一の方法が天国にいくことなら、合理的に考えて、自分に神を信じさせる以外に選択肢はなかった。

ひとつの可能性は肉体を弱らせることだった。飢餓や脱水、自然の力に自らを晒《さら》すこと。エラーは、肉体の抵抗力が下がっているときに起こりやすい。これは砂漠の秘宝伝授者が取る道だった。タイラーはまず最初にそれをやってみようと決めた。

レンタカーで南に進み、そののちアリゾナにたどりつくまで東に曲がり、メキシコとの国境に近づくと、ソノラ砂漠の端に、ついで中心部に進んだ。道路がもはや道路でなくなるまで運転をつづけ、それからは徒歩で進んだ。帰りの道がもはや見つからないと判断するまで歩き、それからさらに歩いた。気がついてみると、周囲をベンケイチュウ・サボテンの集団に囲まれていた。そのころにはとても腹が空き、喉が渇いていた。タイラーはしゃがみこんで、肉体が弱るのを待った。

「これを誤解しないでくれ」出発まえにオーウェンがタイラーに言った。「だが、昔は、おまえが詩人としてものになることはけっしてあるまいと思っていた。想像力が足りないんだと思った。ところがいまは想像力がありすぎるような気がする」

タイラーはリディアの死を理解しようとして自分のアパートに閉じこもっている数週間、オーウェンの姿を見ていなかった。いま、ふたりはお気に入りのコーヒーショップに座っていた。外は雨が降っていた。滅多にない秋の驟雨《しゅうう》だった。

「プログラマーは必ずしも数字を大事にする人間じゃない」タイラーは言った。「おれたちは言葉を大事にする人間だ。数字を大事にする人間はハードウェアを使って働いている」

「おまえは自分でなにかのハードウェアの仕事をしようとしているように見える。宗教を呼びこむのに自分の脳をハッキングしたいと言ってるのも同然だぞ」

「彼女が恋しいんだ」タイラーは言い争うかわりに、そう言った。

「本物の信仰のようにはならないだろう」頭のおかしな振る舞いをやめて、人生を前向きに進めと言うかわりに、オーウェンはそう言った。タイラーはその態度をありがたいと思った。「たとえうまくいったとしてもな。たとえおまえが救《ホ》い《サ》たま《ナ》えと歌っている天使の降臨する姿を見たとしてもな」

「本物の信仰がどんなものなのか、どうやってわかるんだ？　おまえも神を信じていないだろ」

「おまえが失敗するだろうと伝えるために神を信じる必要なんかない。おまえはリディアを愛しているがゆえに神を信じたいんだ。だが、一度も体験することなく、神を信じることはエラーだとおまえはすでに判断したんだぞ。ミスだと。すでに嘘だと判断したことを本当だと自分に受け入れさせたいんだ。それは橋をかけられない湾のようなものだ」

「おまえは論理に従ってその答えを導いていない」タイラーは言った。「おれが仮説を検証しないなら、信仰の合理的な説明なんてなんになるというんだ？」

オーウェンは首を横に振った。「暗い星を探しているなら、それが存在しているところを直接見ても見えはしない。まず脇を見て、意識せずに目で捕らえるんだ。直接の吟味に耐えられないことが一部にはある」

「では、間接参照《インダイレクション》のレベルだな」タイラーは隣にあるベンケイチュウ・サボテンに話しかけ、笑い声をあげはじめた。砂漠にいったいどれくらい座ってる？　数日経った気がした。

夜がやってきた。寒くなりそうだった。

「あなたはいつだって考えすぎ」サボテンが言った。

「リディア、きみなのか？」これは良い徴候だ、とタイラーは思った。幻聴がまず最初にくるんではなかったか？　だが、その声はあまりリディアの声に似ていなかった。あまりに遠くて、あまりにか細い声。まるでグラスハープのような音だ。タイラーは天使の姿を求めて、まわりを見た。

「あなたはあたしの脳が壊れていたと思ってるの？　繋がりそこねた繋がり、それだけのことだと？」サボテンは言った。

「いや、壊れてはいない」それはこの状況を指す間違った名前だった。間違っているのは問題だった。タイラーには正しい名前が必要だった。

タイラーはリディアに変数のこと、1ビットのエラーのこと、記憶の変数型チェックシステムのことなど全部話したかった。彼女といっしょにいられるよう、彼女が経験したことをどれほど自分も経験したいのか、彼女に説明したかった。だが、彼はとても腹が空いていて、喉が渇いていて、目まいがしていた。そのため、口にできたのは、「きみがいなくて寂しい」という言葉だけだった。

暗闇のなか明るい光が近づいてきた。その光に貫かれる感覚を待った。万事オーケーである確信に圧倒される感覚を待った。愛の感覚を、救われる感覚を待った。心のなかの壁が崩れるのを待った。

光は目のまえで止まった。数人の人影が光のなかに現れた。彼らの髪の毛は光の後光であり、彼らの体は炎に縁取られていた。光が予想したほど明るくないことにタイラーは驚いた。光を見つめるのは苦痛だったが、リディアが話していたのとは異なっていた。彼らはどの天使なんだ？

「ひょっとしておれがもう片目しかないせいなのかな」タイラーは独りごちた。

「よしよし」オーウェンが言った。「もう大丈夫だ」

彼らはレンジャーの車の後部座席にタイラーを運び入れ、長い帰還の旅をはじめた。


次にタイラーはドラッグを試したが、効果は永続的ではなかった。瞑想はたんに退屈しただけだった。電気ショック療法のことを読んだが、タイラーの要求に応えようとする精神科医はいなかった。「あなたにはセラピーは不要です」彼らはタイラーに言った。「家に帰って、聖書をお読みなさい。それにわたしは医師免許を失いたくない」

タイラーは教会にいきさえした。だが、彼らの信仰はタイラーには空虚に思えた。信徒席に座って、賛美歌を口にし、意味を欠いているように思える説教に耳を傾けてもなにも感じなかった。

おれは信じたいのに、信じられない。タイラーは周囲を見回した――リディアの顔に見た種類の光はだれの顔にも見られなかった。あんたたちは自分が信じていると思っているけど、信じていないんだ。実際には違う、リディアとは違っている。

オーウェンは、「だから言ったじゃないか」とはけっして口にしなかった。

結局、オーウェンはタイラーを説得することに成功して、夜にまたカフェにやってくるようにさせた。そこで朗読される詩は稚拙だとタイラーは思った。なぜだれもあの光が欠けていることについて書かない？　なぜだれも記憶の永続性や、とてももろいと同時にとても破りにくい変数型チェックシステムについて書かない？　なぜだれも信じることができないことからくる苦しみについて書かないんだ？

そしてタイラーは銀行でデータベースをプログラムする新しい仕事を得て、また詩を書きはじめた。書き上げた詩のいくつかを出版にいたらせることすらできた。友人たちは祝いにタイラーを連れだした。彼は昂奮して幸せだった。リディアにまったくどこも似ていない女の子がタイラーを家に連れ帰った。タイラーの顔にひどい傷があったのも気にせずに。

「きみの名前はなに？」タイラーが訊いた。

「ステファニー」そう言うと、彼女は明かりを消した。そしてタイラーは彼女のことを〝リディアにどこも似ていない〟ステファニーとしてずっと記憶に留めるだろう。

タイラーは先に進んだ。

「リディアに食事だといってきてくれない？」ジェスが台所からタイラーに言った。

タイラーは最後の数枚の紙皿とナプキン、先ほど終わった誕生会に使って、リビングに残っている風船をまだ片づけていた。下の階に降りていき、車庫に入った。車庫のドアはあいていて、そこからリディアが正面の芝生に寝そべって冬の夜空を見上げているのが見えた。

「やあ、きみ」タイラーは彼女の隣まで歩いていくと、声をかけた。「夕食の時間だ」

「もう少しだけ待って、お願い」

タイラーはしゃがんで、彼女の隣の草の上に座った。「寒くなるぞ。なにを待ってるんだ？」

「シリウスを見ていたの。八・六光年先にある星だから、いま見ている光は、シリウスを八年と七カ月まえに出たんだ。あたしはきょう八つになった。あたしは予定より九週間はやく、夜に生まれたんだとママから聞いたよ。あたしが受胎した瞬間にシリウスを出発した光をとらえたいの」

「きみが受胎した瞬間だって？」

「あの本をくれたでしょ、覚えてる？」

きみが生まれたのは夜だったけど、だからといって夜に受胎したとはかぎらないんだぞ、と指摘しようとした。だが、タイラーは自分を抑えた。一部の細部というものは、先に延ばすことができる。

「待つ価値はあるな」タイラーは言った。

ふたりは少し震えながらいっしょに待った。まだ冬の序盤だったが、これから寒くなるのはすでにわかっていた。ときどき暖かいカリフォルニアの冬が恋しくなった。

「あたしのベッドの下に埃がどうしてあんなにたくさんあるのかわかった」リディアが言った。

「どうしてなんだい？」

「埃は空で燃える隕石からできると読んだことがある。あたしの部屋は屋根裏にあるから、家のほかの部分より星に近い。ということは、パパとママの部屋よりたくさんの埃があるのは理にかなっている」

タイラーはリディアを見て、彼女に対する自分の愛に圧倒された。とても自分に似て、合理的で頭が切れ、事実を怖れなかった。彼女のお伽話には宇宙塵が出てくるが、魔法の塵は出てこない。彼女は神を信じておらず、タイラーはそれにほっとしていた。自分と同様、彼女は1ビットのエラーを免れるだろう。

「もしふたりとももう一回なかに入るよう言わなくちゃならないなら、今夜はみんなご飯抜きよ」

ジェスが車庫のドアのまえに立っていた。彼女の後ろの廊下からくる光が彼女を光輝かせていた。

「見て、ママが天使みたい」リディアは立ち上がり、光に向かって駆けていった。

タイラーはいましばらくその場に残っていた。シリウスを、天狼星を見上げ、ほかの燃えて爆発している空の星を見上げた。あの光はみな、異なる距離から届き、それゆえに異なる時間から届いていた。タイラーはリディアが受胎した瞬間に発生した陽子と光子を同時に浴びているのだと悟った。リディアが、別のリディアが死んだ瞬間、自分が生まれた瞬間、聖アウグスティヌスが梨を盗んだ瞬間、キリストが十字架に架けられた瞬間に発生したものを。タイラーは軽く目まいがした。

アンブリエルはその瞬間を選んでタイラーに降臨した。

ああ、こんな感じなんだ。

タイラーは神への大きな愛に充たされて、身震いした。神の意図の美しさにタイラーはむせび泣いた。なぜ自分がリディアと会ったのか、なぜ彼女が死んだのか、なぜこの瞬間まで神と会うことができなかったのか、そのわけを理解した。この光を永遠に感じていたかった。天国にいたいと願った。人生でもっとも幸せな瞬間だった。リディアが経験したことを経験することで、ついに彼女といっしょになれたからだ。リディアを愛していたときがどんなものだったのか覚えているのは、はじめて彼女に対して恋に落ちたときよりもずっと良かった。変数型チェックシステムが壊れようとしていた。

だが、ひとつの細部だけが違っていた。

タイラーはアンブリエルが現れるまえにシリウスを見ていたことを思い出した。一秒の何分の一かの瞬間、シリウスがほんの少しだけ、ほとんど感じられないくらいわずかに明るさを増したように見えた。とてもかすかなまたたきだった。原因はどんなことでもありえた——大気の揺らぎ、雲の端切れの通過、目の錯覚。

あるいは、ひょっとしたらその瞬間の八・七五年まえ、リディアが受胎されたときにシリウスで太陽フレアが起こったのかもしれない。ひょっとしたらその爆発で生じた陽子がその歳月のあいだ宇宙の無のなかを旅して、その通り道にあるなににも心を向けなかったのかもしれない。地球の電離層に飛びこみ、成層圏を抜け、雲を抜け、鳥の翼を抜けてきたということはありうるのだろうか？　その陽子がその冬の夜についにタイラーの目に入りこみ、彼という存在の奥底まで貫き、視床下部を通過して、一部の電子をはじき出すことに決めたというのは可能だろうか？

ささいなエラーだった。通常より1ビットだけ外れているだけだ。だが、それで充分だった。現実と幻想を区別するには充分だった。

それを了解するとすぐにアンブリエルは消えた。変数型チェックシステムが保持された。

そのときタイラーは自分がもう終わりだとわかった。残りの半生、あの法悦感覚を、神への愛を、存在の甘さを忘れられずに過ごすのだ。たとえほんの一瞬であっても、タイラーは信じた。リディアといっしょにいたのに次の瞬間見てしまった。そののち、神の不在があった。

その瞬間のことを記憶にずっと留めておくだろう。その記憶を自分に与え、次にその現実感を自分から奪っていったのは1ビットのエラーだとずっと忘れずにいるだろう。

タイラーは亡くなるその日まで、ときにはずいぶん幸せになって生きた。

著者付記

この話には三つの着想の源がある。テッド・チャンの短篇「地獄とは神の不在なり」と、ラジオ番組ジス・アメリカン・ライフで作者へザー・オニールみずから披露した散文詩「それが名前を持つまえに」“Before It Had a Name”、それにスダカー・コヴィンダヴァイアラとアンドリュー・W・アペルの論文「メモリ・エラーを用いたヴァーチャル・マシン攻撃」。

この物語がテッド・チャンの短篇で探求されたものと同様のテーマを扱っていることから、出版まえにチャンの許諾を求め、了承を得た。

# 良い狩りを

*Good Hunting*

夜。半月。ときおり、フクロウの鳴き声。

商人とその妻、召使いたち全員は、他所に移されていた。広い屋敷は不気味なほど静まり返っている。

父とぼくは中庭にある供石《ゴンシ》（寺院などに設置される奇観の自然石）のうしろにうずくまっていた。その庭石にたくさんあいている穴から、商人の息子の寝室の窓が見えた。

「ああ、小倩《シャオチエン》、愛しの小倩……」

熱にうかされた若者の呻き声は哀れなほどだった。なかば譫妄《せんもう》状態で、身を守るため寝床に縛りつけられているが、切々と訴えるその声が微風に乗って水田を越えた向こうまで届くよう、父が窓をあけたままにさせていた。

「ほんとにくると思う？」ぼくは囁いた。きょうはぼくの十三歳の誕生日で、今回がはじめての狩りなのだ。

「くる」父は言った。「妖狐《フーリーチン》は、自分が化かした男の泣き声には逆らえないのだ」

「梁山伯と祝英台がおたがいに惹かれ合わずにいられないみたいに?」去年の秋にうちの村にやってきた田舎歌劇の一座のことを思い浮かべる。

「そうでもない」父は言った。だが、うまく説明できずにいるようだ。「おなじものじゃないとだけ知っておけ」

よくわからなかったものの、ぼくはうなずいた。そして、商人とその妻が父に助けを乞いにきたときの様子を思い出した。

「恥知らずにもほどがある!」商人はぶつぶつと文句を言った。「アレはまだ十九にもなっておらん。山のように賢人の書物を読んでいたというのに、あのような化け物に魅入られてしまうとは」

「妖狐の美しさと手練手管の虜になるのは、恥でもなんでもありません」父は言った。「大学者王盧《ワン・ルウ》は、妖狐とともに三夜過ごしたものの、科挙で首席を取ったのです。ご子息にはほんの少し手助けが必要なだけです」

「なんとしてもアレを救ってください」商人の妻はそう言って、米をついばむ鶏のように叩頭《こうとう》した。「この話が外に漏れたら、仲人はアレに縁談をけっして持ってこなくなります」

　妖狐は人の心を盗む妖怪だった。ぼくは身震いし、妖狐に相対する勇気が自分にあるだろうかと訝しむ。

　父がぼくの肩に温かい手を置いてくれて、ぼくは落ち着きを取り戻した。父の手には〈燕尾〉が握られている。十三代まえの祖先、劉義将軍が鍛えた剣。この剣には何百人もの道士の祈りがこめられており、無数の妖怪の血を啜《すす》ってきた。

　流れる雲が一瞬月を隠し、あらゆるものを闇に包んだ。

　月がふたたび姿を現したとき、ぼくはあやうく声をあげそうになった。

　中庭にいままで見たなかで最高に美しい女性がいた。

　ふくらんだ袖つきのゆったりした白い絹の衣に幅広の銀色の帯を締めている。顔は雪のように白く、髪は石炭のように真っ黒で、腰まで流れ落ちていた。田舎歌劇の一座が舞台に掛けていた絵に描かれていた、唐時代の絶世の美女のようだとぼくは思った。

　美女はゆっくりと向きを変え、あたりを見渡した。双眸《そうぼう》がきらきら光るふたつの水たまりのように月明かりに輝く。

　ひどく悲しげな様子にぼくは驚いた。ふいに気の毒になり、この美女を笑わせるためだったらなんだってやりたい気になった。

盆《ぼん》の窪《くぼ》を父に軽く触れられ、はっとしてぼくは催眠術にかかった状態から脱した。妖狐の力についてあらかじめ父から警告されていたのに。顔を火照らせ、心臓をどきどきさせながら、ぼくは妖怪の顔から目を逸らせ、その姿に意識を集中させた。

商人の召使いたちは今週毎晩、妖狐を獲物に近づけないよう、犬を連れて中庭を警邏《けいら》していた。だが、いま、中庭は無人だった。それでも妖狐は罠を疑って、ためらいながら立っていた。

「小倩《シャオチエン》！　きてくれたのかい？」商人の息子の熱にうかされた声が大きくなった。

貴婦人は振り返り、寝室の扉に向かって歩いていった——いや、滑っていった。あまりにもその動きは滑らかだった。

父が岩のうしろから飛び出し、〈燕尾〉を手に、妖狐に駆け寄った。

妖狐は頭のうしろに目があるかのように避けた。勢いがついて止められず、父の剣は木製の扉に鈍い音を立てて突き刺さった。引っこ抜こうとしたが、父はすぐには剣を抜けずにいた。

貴婦人は父をちらっと見ると、背を向け、中庭の門に向かった。

「ぼけっと突っ立ってるんじゃない、梁《リアン》！」父が怒鳴った。「逃げちまうぞ！」

ぼくは犬の小便がたっぷり入った陶器の壺を抱えて、妖狐に駆け寄った。小便を浴びせかけるのがぼくの役目だった。そうすると狐に変身して逃げることができなくなるのだ。

貴婦人はぼくのほうを向いて、ほほ笑んだ。「とても勇敢な坊やね」春の雨に咲き誇る茉莉花《ジャスミン》のような芳香にぼくは包まれた。声が甘くて、まるで冷たい蓮蓉餡《れんようほう》のようだった。ずっとその声を聞いていたくなった。陶壺のことを忘れてしまい、それを持つ手がだらりと下がる。

「いまだ！」父が叫んだ。扉から剣を引き抜いていた。

悔しさのあまり、ぼくは唇を噛んだ。こんなに簡単に惑わされてしまうなら、どうして妖怪退治師になれるだろう？　ぼくは蓋を外し、退いていく相手の姿に向かって陶壺の中身をぶちまけたが、あの人の白い着物を汚してはいけないというばかげた考えが浮かんで、手が震えてしまい、狙いが大きく逸れた。犬の小便のごく一部しか、かからなかった。

だが、それで充分だった。妖狐は咆哮した。その声は、犬のようだが、それよりはるかに猛々しく、うなじの毛が総毛立った。妖狐は振り返り、歯を剝き出して唸った。二列に並ぶ鋭く白い歯を見せられ、ぼくはうしろによろけた。

妖狐が変身途中だったところにぼくは小便を浴びせていた。そのため、その顔は女性の顔と狐の顔の中間で凍りついていた。毛のない鼻面、怒ってひくひく動く尖った三角形の耳。両手が獣の前足に変わっており、鋭いかぎ爪がついたその前足をぼくに向かって振った。

妖狐はもはや話すことができなかったが、その目は、悪意に満ちた思いをありありと伝えてきた。

父がぼくのかたわらを駆け抜けた。剣を高く掲げ、致命的な一撃を加えようとする。妖狐は踵を返し、中庭の門に体をぶつけ、扉を砕き開け、その向こうに姿を消した。

父はぼくを一顧だにせず、妖狐を追いかけていった。情けない思いをしながら、ぼくはそのあとを追った。

妖狐は足が速く、銀色の尾がきらきら輝く光跡となって畑を横切っていくようだった。だが、不完全な変身のため、人間の姿を保ったままで、四脚のときほど速くは走れずにいた。

父とぼくは、村を一里ほど離れたところにある荒れ寺に妖狐がすばやく姿を隠すのを目にした。

「寺の裏にまわれ」乱れた息を整えようとしながら、父は言った。「わしは正面の門から入っていく。裏門からやつが逃げようとしたら、なにをすればいいかわかっとるな」

寺の裏手は雑草が生い茂り、壁がなかば崩れ落ちていた。そこへまわりこむと、瓦礫のあいだに白い閃光が走るのが見えた。

父に見直してもらおうと決意し、ぼくは恐怖を呑みこんで、ためらわずに追いかけた。数度、すばやく角を曲がり、僧房の一室の隅に相手を追い詰めた。

残っている犬の小便をかけようとしたとき、相手の動物がぼくらの追いかけていた妖狐よりずいぶん小さいことに気づいた。仔犬ほどの大きさの小さな白い狐だった。

ぼくは陶壺を地面に置いて、飛びかかった。

狐はぼくにつかまれて、激しくもがいた。ごく小さな獣にしては驚くほど力が強かった。ぼくは懸命に押さえつけた。争っているうちに指でつかんでいた毛皮が皮膚のようにすべすべになってくるように思え、狐の体が長くなり、膨らんで大きくなった。地面に押さえつけていようとすると自分の体全体を使わねばならなかった。

ふいに、両腕で同い年くらいの女の子の体を抱えているのに気づいた。しかも裸だ。ぼくは声をあげて、飛び退いた。女の子はゆっくり立ち上がると、背後に積み上げられた藁から絹のローブを手に取って身にまとい、ぼくを高慢な目つきでにらんだ。

少し離れた本堂からうなり声が一声聞こえ、重たい剣が卓に食いこむ音がつづいた。さらなるうなり声と父の悪態が聞こえた。

女の子とぼくはにらみ合った。彼女は去年一目見てからというもの頭から離れてくれない田舎歌劇の歌手よりも、ずっと綺麗だった。

「どうしてあたしたちを狙うの？」女の子が訊いた。「あたしたちはあなたたちになにもしていないのに」

「おまえの母親が商人の息子を化かしたんだ」ぼくは言った。「ぼくらの役目は彼を救うことだ」

「化かしたですって？　あいつのほうが母さんを放っておいてくれないのに」

ぼくは面食らった。「いったいなにを言ってるんだ？」

「一カ月ほどまえのある夜、商人の息子は、養鶏家の仕掛けた罠につかまった母さんにたまたま出会ったの。母さんは罠を逃れるために人間の姿に変身しなければならず、その姿を見たとたん、あいつは一目惚れしてしまった。

母さんは自由気ままにしているのが好きで、あいつに悪さをする気なんてなかった。だけど、人間の男がいったん妖狐に惚れてしまったら、たとえどんなに離れていても、妖狐には相手の声が聞こえてしまう。泣いたりわめいたりするのをさんざ聞かされて、母さんは頭がおかしくなりそうになっている。あいつを大人しくさせるだけのために母さんはあいつに毎晩会いにいかなきゃならない」

その話は父さんから聞いていたものとちがっていた。

「おまえの母親は罪のない学者を誘惑し、邪《よこしま》な魔力を増そうとして生命の源を奪ってるじゃないか！　商人の息子のひどく衰弱した様子を見るがいい！」

「あの男が弱っているのは、母さんを忘れさせるつもりで、藪医者が毒を盛っているからよ。母さんこそ、夜ごと訪れてあいつを死なないようにさせているの。それから、誘惑なんて言葉を使わないでくれる？　人間の女に恋に落ちるのとまったくおなじように、人は妖狐に恋に落ちるんだから」

なにを言ったらいいのかわからず、最初に心に浮かんだことを口にした。「それとこれとはちがうと思う」

彼女は鼻で笑った。「ちがうって？　ローブを羽織るまえにどんな目であたしを見ていたか、ちゃんとわかってる」

顔から火が出た。「あつかましい妖怪め！」ぼくは陶壺を手にした。彼女はいまいる場所を動かず、顔に嘲笑を浮かべた。結局、ぼくは壺を下に置いた。

本堂での戦いは騒がしさを増していき、突然、すさまじい音がして、父の勝鬨《かちどき》と、耳をつんざく女の長い悲鳴がつづいた。

女の子の顔にもはや嘲笑は浮かんでおらず、憤りしかなかった。それが徐々に動揺に変わっていく。目から生き生きとした輝きが失われ、死んだ目つきになった。

父の雄叫びがまた聞こえた。悲鳴がふいに消えた。

「梁《リアン》！　梁《リアン》！　終わったぞ。どこだ？」

涙が少女の頬を伝い落ちた。

「寺を探せ」父の声がつづいた。「子狐がここにいるかもしれない。そいつらも殺さねばならん」

少女は体を強ばらせた。

「梁《リアン》、なにか見つけたか？」声が近づいてきた。

「なにも」ぼくは少女と視線を絡み合わせたまま、答えた。「なにも見つからない」

彼女は身を翻すと僧房から静かに走り去った。すぐに裏手の壊れた壁を一匹の白い狐が飛び越え、夜に姿を消すのが見えた。


死者の祭り、清明節。父とぼくは母の墓参りに出かけた。死後の霊を慰めるため、お供え物を持っていく。

「しばらくここにいたいんだ」ぼくがそう言うと、父はうなずいてその場を立ち去り、家に帰っていった。


母に小声で謝り、お供えに持ってきた鶏肉を詰め直して、三里歩き、丘の反対側にある廃寺にきた。


本堂で跪《ひざまず》いている艶《ヤン》を見つけた。五年まえに彼女の母親をぼくの父が殺した場所のそばだ。髪を一つに束ねている。女性が十五歳になり、成人したことを示す儀式、笄礼《チリー》を迎えた若い女性の髪型だ。ぼくらは家族が集うことになっている機会である、清明節、重陽節、盂蘭盆《うらぼん》、新年のたびに会ってきた。

「これを持ってきたよ」そう言ってぼくは、蒸し鶏を渡した。

「ありがとう」艶《ヤン》はおもむろに腿肉を外し、品良く歯を突きたてた。妖狐が人里近くに住むのを選ぶのは、人に属している様々な事柄を暮らしに取り入れるのを好むからだと、以前に艶《ヤン》は説明してくれた――会話や綺麗な服、詩や物語、そしてときには、尊敬すべき親切な男性の愛。

　とはいえ、妖狐は狐の形態をしているときにもっとも自由を感じる狩人であるのは変わりなかった。母親の身にあんなことが起こったあとで、艶《ヤン》は鶏小屋に近づかないようにしていたものの、鶏肉の味を忘れられずにいた。

「狩りの成果は？」ぼくは訊ねた。

「いまいち」艶《ヤン》は答えた。「百歳山椒魚や六本指兎は、ほとんどいない。もうお腹いっぱい食べられることはけっしてなさそう」鶏肉をまた一切れ口に含み、噛んで呑みこんだ。

「それに変身にも支障をきたしだしてる」

「その姿を保つのが難しいわけ？」

「ううん」艶《ヤン》は残りの鶏肉を地面に置き、小声で亡き母に祈りを捧げた。

「真の姿に戻るのがだんだん難しくなってきたんだ」艶《ヤン》はつづける。「狩りをするためのね。ときどき、まったく戻れない夜もある。そっちの狩りはどう？」

「こっちもいまいちさ。数年まえほど蛇精や怨霊がいなくなったようなんだ。人間関係がうまくいかずに自殺した亡霊の出現率も下がっている。それにもう何カ月もまともな彊屍《キョンシー》に出会っていない。父さんは金のことを心配しているんだ」

妖狐退治の依頼もこなくなって何年も経っていた。ことによると艶《ヤン》が仲間に警告して近づかないようにさせていたのかもしれない。実を言うと、ぼくはほっとしていた。父にあることについてあなたはまちがっていると伝えなければならないかと思うと気が重かった。それでなくとも父はとてもいらついていて、自分の知識や技がさして必要とされなくなっているように思えるいま、村人たちからの敬意を失いかけていると気を揉んでいた。「ひょっとして、彊屍《キョンシー》も誤解されていると思ったことない？」艶《ヤン》が訊ねる。「あたしや母さんのように？」

ぼくの顔色が変わったのを見て艶《ヤン》は笑い声をあげた。「冗談だって！」

奇妙だった──艶《ヤン》とぼくがわかちあっているものは。友だちというのとはちょっとちがう。どちらかというと、この世が言われた通りには機能していないという知識をわかちあっているがゆえに、惹きつけられざるをえなかった相手だ。

艶《ヤン》は母親に供えるために残した鶏肉を見て言った。「この土地から魔法の力が減っている気がする」

ぼくはなにかおかしいと疑っていたけど、その疑念を口に出したくなかった。そんなことをすれば本当のことになってしまうかもしれないと思っていたからだ。

「その原因はなんだと思う？」

返事をするかわりに、艶《ヤン》は耳をそば立て、じっと聞き入った。やおら立ち上がると、ぼくの手をつかみ、本堂の仏像のうしろに引っぱっていった。

「いったい——」

艶《ヤン》はぼくの唇に指を押し当てた。それほど近づいたせいで、彼女の匂いに気づいた。彼女の母親の匂いに似ていた。甘く芳しい。だけど、太陽を浴びて乾いた毛布のように、生気に溢れた匂いでもあった。自分の顔が火照ってくるのがわかった。

その直後、男たちの一団が寺に向かってやってくる物音が聞こえた。おずおずと仏像のうしろからぼくは首を少しだけ伸ばして、様子を窺った。

暑い日だった。男たちは真昼の日差しを避けるための日陰を探していた。ふたりの男が担いでいた籐製の椅子籠を下ろした。籠から降りた客は外国人だった。黄色い巻き毛と白い肌の持ち主だ。その一団のほかの男たちは、三脚のテーブルや、水準器、青銅の筒、蓋のあいている行李《こうり》を運んでいた。行李には見慣れぬ装置が詰まっていた。

「トンプスンさま」役人風の服装をした男が外国人に近づいた。男が腰をかがめ、笑みを浮かべ、頭をへこへこ上げ下げしている様子は、蹴られてもなお尻尾を振る犬を思わせた。「ご休憩なさって、冷たいお茶でもいかがですか。先祖の墓参りに出かけるはずの日に働くのは、この連中にとってきついことですし、少々時間をいただいて、神々や霊を怒らせないよう、祈りを捧げにゃなりません。ですが、そのあとは一所懸命に働いて、時間通りに調査を終わらせます」

「おまえたち中国人の問題は、どうしようもなく迷信深いところにある」外国人は言った。奇妙な訛りがあったものの、言っていることははっきりわかった。「いいか、香港天津鉄道は、大英帝国にとって優先事項なのだ。日没までに泊頭村にたどり着かないなら、おまえたちの日当は片っ端から減らしてやる」

満州族皇帝が戦争に敗れ、あらゆるたぐいの譲歩を強いられているのは噂に聞いていた。そのひとつが、金を払って外国人に鉄の道を築く手助けをさせているというものだ。だけど、そうしたことはみな絵空事に思えて、ぼくはろくに関心を払っていなかった。

役人はぺこぺことうなずいた。「なにもかもトンプスンさまのおっしゃるとおりです。ですが、ひとつご提案があるので、お耳を貸していただけませんでしょうか?」

うんざりした様子の英国人はじれったそうに手を振って、発言を促した。

「地元の村人たちのなかには、鉄道の敷設予定地を心配しているものがおります。すでに敷設された線路が大地の気脈を遮っていると考えています。風水上、良くないと」

「いったいなんの話だ?」

「人の呼吸方法に似ているとでも申しましょうか」役人は言った。英国人に理解させようと、何度かふーふーと息を吐いた。「大地には、川や丘や古い道に沿った経路があり、気のエネルギーを運んでいるのです。それが村を栄えさせ、稀少な獣や土地の精霊や家の守り神の命を支えています。風水師の助言に従って、敷設予定の線路をほんの少しずらすことをお考えいただけないでしょうか？」

トンプスンは目を丸くした。「いままで耳にしたなかでいちばんひどいたわごとだ。おまえたちの異教の神が腹を立てるだろうから、われわれの鉄道のもっとも効率的な敷設予定路を変更させたいというのか？」

役人は傷ついた表情を浮かべた。「なんと申しましょうか、線路がすでに敷かれた場所では、たくさんの凶事が起こっているんです――人は金を失い、獣は死んでいき、家の守り神は祈りに応えなくなっています。仏僧も道士もみな、鉄道のせいだと意見を同じくしています」

トンプスンは仏像につかつかと歩み寄り、品定めするように見た。ぼくは仏像のうしろに頭を引っこめ、艶《ヤン》の手を強く握った。ぼくらは息を殺し、見つからないよう願った。

「こいつはまだなんらかの力を持っているのか？」トンプスンが訊いた。

「この寺は永年僧侶のいない空き寺になっております」役人は言った。「ですが、この仏さまはいまでもとても敬われております。願いをよく叶えてくださると村人たちが言っているそうで」

すると、なにかの壊れる大きな音と、本堂の男たちがいっせいに息を呑む音が聞こえた。

「この杖でおまえたちの神の両手を叩き折ってやったぞ」トンプスンが言った。「見てのとおり、おれは雷に打たれもしなかったし、ほかの災いにも見舞われなかった。ほらな、これが藁をまぶした泥で作られ、安っぽい塗料で塗られた偶像にすぎないのがわかっただろ。これこそおまえたちが英国との戦争で負けた理由だ。鉄の道を敷設し、鋼鉄の武器をこしらえることを考えるべきときに、泥の像を敬っている」

鉄道の敷設予定路を変更する話はそれ以上されなかった。

男たちが立ち去ると、艶《ヤン》とぼくは仏像のうしろから離れた。ぼくらはしばらく仏陀の壊れた両手に目を凝らした。

「世界は変わりつつある」艶《ヤン》が言った。「香港、鉄の道、会話を伝える電線や、煙を吐き出す機械を持っている外国人たち。茶房の講釈師たちは、そうした驚異の話をますますするようになっている。それが古い魔法が消えていく理由だと思う。もっと強力な魔法がやってきたの」

艶《ヤン》は声に感情を表さず、冷静な口調でいた。秋の静かな池のようだ。だけど、彼女の言葉は信憑性を持って響いた。客がどんどん減っていったとき、父が陽気な態度を保とうとしていたのをぼくは思い出した。呪文や剣舞の動きを学ぼうとして費やした時間は無駄だったんだろうか。

「きみはなにをするつもりだ？」山のなかにひとりでいて、魔力を保つだけの食料を見つけられずにいる艶《ヤン》のことを考えた。

「あたしにできることがたったひとつある」艶《ヤン》の声が一瞬乱れ、挑むような口調になった。

水たまりに小石を投げ入れたかのように。

だが、その直後にぼくを見た艶《ヤン》は、冷静さを取り戻していた。

「あたしたちにできることがたったひとつある。生き延びるために学ぶのよ」


やがて鉄道は見慣れた景色の一部になった――黒い機関車が緑の水田を音高く走り抜け、蒸気を吐き出し、うしろに長い列車を引っ張っていく。遠くの霞のかかった青い山並みから降りてくる龍さながらに。しばらくは、すばらしい光景だった。子どもたちは汽車に驚嘆し、線路に沿って走って追いかけようとしていた。

だが、機関車の煙突から出る煤が線路の最寄りの水田の米を枯らし、ある日の午後、線路の上で遊んでいたふたりの子どもが、迫ってくる機関車に怯えて動けずに死んだ。そのあと、汽車は魅力的な存在ではなくなった。

人は父とぼくのところに仕事を頼みにこなくなった。彼らはキリスト教の宣教師かサンフランシスコで勉強したと自称する新しい教師のどちらかのところにでかけた。村の若い男たちは、眩い光と払いの良い仕事の噂に突き動かされて、村を離れ、香港や広東に向かいはじめた。畑は作付けされないまま放置された。村自体、高齢者と幼年者しかいなくなったようで、諦めの気分が漂った。遠くの地方の男たちが土地を安値で買い叩こうとやってきた。

父は日がな一日、表に面した居間に座り、〈燕尾〉をひざに載せ、玄関の扉を眺めつづけた。まるで父自身が像と化したかのようだった。

毎日、ぼくが畑から戻ってくると、父の目に瞬間的に希望の火が灯るのを見るのがつねだった。

「だれかわしらの手助けが要ると言っていなかったか？」父はそう訊ねるのだ。

「いや」ぼくは答える。なるたけ明るい口調でいるよう努めた。「だけどもうすぐ殭屍《キョンシー》が現れるはずさ。出なくなって長すぎる」

そう言いながらもぼくは父を見ようとはしない。父の目から希望が消えていくのを見たくなかったからだ。

そして、ある日、寝室のがっしりした梁から父がぶら下がっているのを見つけた。父の亡骸を下ろしながらも、心は麻痺していた。父は生涯をかけて退治してきた連中と変わらないとぼくは思った――連中はみな、古い魔法によって命を保たれてきた。その魔法は消え去り、戻ってくる見込みはない。連中は魔法を失って生き延びる術を知らなかった。

〈燕尾〉がぼくの手のなかで、鈍くて重く感じられた。いつか自分は妖怪退治師になるのだろうとぼくはずっと思っていた。だけど、どこにももう妖怪や精霊がいないなら、どうやって退治師になれるのだ？　この剣に吹きこまれた道士の祝福は父の沈んでいく心を救えなかった。もしぼくが固執したなら、ぼくの心も重さを増し、動きをやめたがるようになるかもしれない。

六年まえのあの日、寺で鉄道測量隊から身を隠していたときから艶《ヤン》には会っていなかった。だけど、彼女の言葉がいま、蘇った。

生き延びるために学ぶのよ。

ぼくは荷物をまとめ、香港行きの汽車の乗車券を買った。


シーク教徒の警備員がぼくの書類を確認し、手を振って保安ゲートを通過させてくれた。

ぼくは立ち止まり、山の急斜面をのぼっていく線路を目でたどった。鉄道の線路というより、天にのぼっていく梯子のように見えた。これは鋼索鉄道《ケーブルカー》。香港の支配者たちが暮らし、中国人は滞在が禁じられているヴィクトリア・ピークの頂上へ通じるトラム。

だが、中国人はボイラーに石炭を放りこみ、各装置に油を差すのは得意だった。

ぼくが機関室に入ると、蒸気がまわりで立ち上った。五年が経ち、ピストンのリズミカルな連続音と制御装置の断続的な摩擦音を自分の呼吸や心拍とおなじくらい熟知していた。そうした規則正しい騒音には、ある種の音楽があり、歌劇の開幕時にシンバルや銅鑼《どら》を叩き合わせるときのようにぼくを感動させた。蒸気圧を確認し、ガスケットに密封剤を塗り、フランジを締め、予備のケーブル・アセンブリの摩耗したギアを交換した。ぼくは作業に没頭した。きついが満足いく仕事だ。

シフトの終わりになるころには、暗くなっていた。機関室の外に出たところ、空に満月が浮かんでいた。ぼくの蒸気機関に動力を得た車両が客を満載して山の斜面を引き上げられていくところだった。

「中国の鬼に付いてこられないようにね」明るいブロンドの髪をした女性が車両のなかで言い、連れの者たちが笑い声をあげた。

ああ、盂蘭盆なんだ、とぼくは思い当たった。施餓鬼会《せがきえ》だ。父さんになにかお供えしないとな、旺角《モンコック》（香港九龍半島の繁華街）で紙銭でも手に入れて。

「おれらはまだおまえが欲しいっていうのに、お役御免にしてもらえると思うのか？」男の声が聞こえた。

「おまえみたいな女は、その気にさせてなにもなしというのはなしだぜ」べつの男がそう言って、笑い声をあげた。

声のした方向を見ると、トラム駅のすぐ外の物陰にひとりの中国人女性が立っているのが目に入った。身体の線を浮かび上がらせている西洋式の長衫《チャイナドレス》と派手な化粧が女の職業を物語っていた。ふたりの英国人が女のまえを塞いでいた。ひとりが抱きつこうとしたが、女は後じさって避けた。

「お願い。とても疲れてるの」女は英語で答えた。「また今度ね」

「おいおい、ふざけるな」最初の男が語気を強めて言った。「これは話し合いなんかじゃない。付いてきて、おまえがやるはずのことをやれ」

ぼくは彼らに近づいた。「ちょっと」

男たちは振り返って、ぼくを見た。

「どうかしたんですか？」

「おまえには関係ない」

「いいえ、ぼくに関係しているんですよ」ぼくは言った。「妹に話しているあなたがたの口ぶりからするとね」

ふたりともぼくの言ったことを信じていなかっただろう。だが、重たい機械と五年間格闘してきたことで、ぼくは筋肉のついたがっしりした身体つきになっており、また男たちはエンジンオイルがべっとり付いているぼくの顔や手足を見て、身分の低い中国人機関士と表だって取っ組み合うのは得策でないとおそらく悟った。

悪態をつきながら、ふたりの英国人は、その場を離れ、山頂纜車《ピーク・トラム》に乗るための列に並びにいった。

「ありがとう」彼女は言った。

「ひさしぶり」ぼくは艶《ヤン》を見ながら、言った。元気そうだね、という言葉をぼくは呑みこんだ。ちっとも元気には見えなかった。疲れて見え、痩せて、はかなげだった。それに彼女がつけているきつい香水が鼻をついた。

だけど、ぼくは艶《ヤン》のことを批判がましく思わなかった。他人を批判するのは、生き延びる必要のなかった連中の贅沢だ。

「今夜は施餓鬼会」艶《ヤン》は言った。「もう働きたくなかった。母さんのことを考えていたかった」

「いっしょにお供えを買いにいかないかい？」ぼくは訊ねた。

ぼくらはフェリーに乗って九龍に向かった。水面を渡るそよ風に艶《ヤン》は少し元気を取り戻した。艶《ヤン》はタオルをフェリー備え付けのティーポットのお湯で濡らして、化粧を落とした。彼女本来の匂いをかすかに嗅いだ。以前とおなじように生き生きとして、愛らしい匂い。

「元気そうだな」ぼくはそう言った。本気でそう思った。

九龍の街をそぞろ歩いて、焼き菓子や果物、冷たい白玉団子、蒸し鶏、お香、紙銭を買い、おたがいの近況を伝えた。

「狩りはどうだい？」ぼくは訊いた。ふたりとも笑い出した。

「狐だったときが懐かしい」艶《ヤン》は言った。上の空で手羽先をかじる。「あなたと最後に話をしてから少ししたある日、最後に残っていた魔力が消えたのがわかった。もう変身できなくなった」

「残念《アイム・ソーリー》だ」ほかになにも言えなくてそう口にした。

「人間の事物を好きになるよう母さんに教えてもらった――食べ物や衣服、歌劇や昔話を。

だけど、母さんはそういったものに依存することはけっしてなかった。あの人は好きなときにいつだって真の自分の姿に戻り、狩りをすることができた。だけど、いまこの姿で、あたしになにができる？　あたしにはかぎ爪がない。鋭い歯も持っていない。あまり速く走ることすらできない。あたしにあるのは、この美貌だけ。あなたの父親とあなたがあたしの母さんを殺した理由とおなじもの。だから、いま、あたしはあなたがむかし母さんがしているといって誤って非難したことで暮らしを立てている——金のために男たちを誘惑してるの」

「父も亡くなったよ」

それを聞いて、艶《ヤン》から辛辣さが若干薄まったようだった。

「なにがあったの？」

「きみとおなじように、魔法の力が消えたと感じたんだ。父はそれに耐えられなかった」

「お気の毒に《アイム・ソーリー》」艶《ヤン》もそれ以外に言うべき言葉がないのだとぼくにはわかった。

「まえにぼくらに唯一できることは生き延びることだと言ったよね。ああ言ってくれたきみに心から感謝している。たぶんそれでぼくは命を救われたんだ」

「だったら、あたしたちはおあいこね」ほほ笑みながら、艶《ヤン》は言った。「だけど、自分たちの話をするのはこれっきりにしましょう。今夜は、亡くなった人たちの特別な夜なんだから」

ぼくらは港に降りていき、水面のそばに供物を置き、ぼくらの愛した亡くなった人たちがみなやってきて、食事を取るよう招いた。そののち、お香に火を点け、バケツに紙銭を入れて燃やした。

炎の熱に煽られて、燃えた紙片が空に運ばれていくのを艶《ヤン》はじっと見つめた。紙片は星にまぎれて見えなくなった。「もう魔法の力は消えてしまったのに、今夜、黄泉の門はまだ死者のためにひらかれていると思う？」

ぼくはためらった。若かったころ、ぼくは修業を積んで、障子を死霊が指でひっかく音を聞き取り、風の音と霊の声を聞き分けることができた。だけど、いまはピストンのすさまじい駆動音や、バルブを高圧蒸気が通り抜ける耳を聾《ろう》せんばかりの金切り音に耐えるのに慣れてしまっていた。子どものころの消えてしまった世界を聞き分けられると自信をもって言えなくなっていた。

「わからない」ぼくは言った。「だけど、死者も生者と変わらないんじゃないかな。鉄の道と汽笛のせいで小さくなった世界で生き延びる方法を見出した連中もいれば、見出せなかった連中もいるんだろう」

「でも、生き延びたとしても、その先はあるのかな？」艶《ヤン》は訊いた。

彼女はあいかわらずぼくを驚かせてくれる。

「つまり」艶《ヤン》はつづけた。「あなた、幸せ？　一日中、蒸気機関を動かしていて、幸せなの？　自分も歯車のひとつのようになって。あなたの夢はなに？」

　ぼくはどんな夢も思い出せなかった。ギアやレバーの動きに心奪われるがままになってきた。金属と金属の絶え間ないぶつかり合いの狭間に心を埋めようとしてきた。父のことを考える必要がなくてすむための方法だった。すっかり失ってしまった土地のことを考えずにすむための方法だった。

「あたしは金属とアスファルトでできたこのジャングルで狩りをすることを夢に見ている」彼女は言った。「真の姿になって、梁から横桟へ、テラスから屋根へ飛び移るのを夢に見ている。やがて、この島のてっぺんにたどり着き、あたしをわがものにできると信じている男たち全員の面前で吠えてやるんだ」

　見ていると、艶《ヤン》の目が一瞬きらりと光ったかと思うと、すぐに光が消えた。

「蒸気と電気の新時代では、この巨大都市のなかで、ヴィクトリア・ピークに暮らしているあの連中をべつにして、真の姿でいる連中はまだいるのかしら？」彼女は問うた。

　ぼくらは港のそばでいっしょに腰を下ろし、一晩中、紙銭を燃やし、死者の霊がまだともにいる徴《しるし》が現れるのを待った。

　香港での暮らしは奇妙な経験になりうる——一日一日では、物事はけっしてたいした変化はないように思える。ところが、二、三年経って比べてみると、まるで異なる世界に暮らしているようにすら思えるのだ。

三十歳の誕生日がくるまでには、新しい設計の蒸気機関の登場で、石炭の使用量が減り、出力が増した。サイズがどんどん小さくなっていった。街の通りには、自動三輪車や馬無《じ》《ど》し馬車《うしや》が縦横に走り回り、それらを買う余裕のある人々は、家のなかに冷気を保ち、台所の箱のなかの食料を冷蔵保存する機械も往々にして備えていた——すべて蒸気に動力を得ていた。

ぼくは店に入り、店員たちから向けられる怒りに耐えながら、展示されている新機種の部品を矯《た》めつ眇《すが》めつした。蒸気機関の作動原理と操作に関する見つかるかぎりすべての本をむさぼり読んだ。そうした原理を自分が担当している機械の改良にあてようとした——あらたな点火サイクルを試み、ピストン用の新種の潤滑油を試し、ギア率を調整した。機械の魔力を理解するにいたったという形で、ある程度の満足を得た。

ある朝、壊れた調整器を修理していると——少しばかり慎重を要する作業だ——ぴかぴかに磨かれた靴が二揃い、ぼくの目のまえの乗降場で足を止めた。

ぼくは顔を上げた。ふたりの男がぼくを見下ろした。

「こいつです」おなじ勤務時間帯の上司が言った。

もうひとりの男は、パリッとしたスーツをまとい、懐疑的な表情を浮かべた。「古い蒸気機関に大きめのはずみ車を使うアイデアを思いついたのはおまえか？」

ぼくはうなずいた。元々の設計者たちが夢にも見たことがないほどの動力を引き出すやり方にぼくは誇りを抱いていた。

「イギリス人からそのアイデアを盗んだんじゃないのか？」男の口調は辛辣だった。

ぼくは目をしばたたいた。一瞬の困惑につづいて、怒りがどっとこみあげた。「いいえ」声を荒らげないよう必死にこらえた。作業をつづけるため、機械の下にふたたび潜りこんだ。

「こいつはずいぶん賢いですよ」上司が言った。「中国人にしてはね。鍛えれば使えます」

「試してみる価値はあるな」もうひとりの男が言った。「イングランドから本物の技師を雇うより安くつくのは確かだろう」

ピーク・トラムのオーナーにして、自身も熱心な技師であるアレクサンダー・フィンリー・スミス氏は、チャンスをうかがっていた。テクノロジーの発展の道筋が蒸気動力を利用した自動装置操作につながるのは必然だろうと予測していた——機械の手足がいずれは中国人の下層労働者《クーリー》や召使いにとってかわるだろう、と。

ぼくはフィンリー・スミス氏の新規開発事業に従事するため選ばれた。

時計の修理方法を学んだのち、ギアの精緻なシステムを設計し、レバーの独創的な用途を考案した。金属にクロムめっきをする方法や、真鍮を加工して滑らかな曲線を描くようにする方法を研究した。強化および高耐久化された時計仕掛けの世界と、小型化され、調節されたピストンと清浄な蒸気の世界を結びつける方法をいくつも考案した。自動装置が完成するとすぐにわれわれは英国から送られてきた最新の分析機関に接続し、バベッジ＝ラヴレイス・コードの穴が大量に穿たれたテープを送りこんだ。

激務の十年間が必要だった。だが、いまや機械の腕が中環《セントラル》の建ち並ぶバーで飲み物を給仕しており、新界の工場では、機械の手が靴や衣服をこしらえていた。聞いたところによると――実際に見たことは一度もなかったけれど――ヴィクトリア・ピークにあるお屋敷では、ぼくが設計した自動掃除機やモップがこっそり廊下をうろつきまわり、壁にそっとぶつかりながら、床を綺麗にしているそうだ。機械仕掛けの妖精よろしく、白い蒸気をポッと吐きながら。国外在住者たちはやっと中国人の存在を思い出させるものから自由になって、この熱帯の天国で生活を送れるようになった。

ぼくが三十五歳になったとき、彼女がふたたび戸口に姿を現した。ずいぶんむかしの思い出のように。

ぼくは彼女を狭いアパートに引き入れ、あたりを見回してだれもあとをつけていないことを確認してから、ドアを閉めた。

「狩りの調子はどうだい?」ぼくは訊いた。場違いな冗談で、彼女は力なく笑った。艶《ヤン》の写真は新聞各紙にでかでかと載っていた。植民地最大のスキャンダルだった。総督の息子が中国人の愛人を囲っていたというのは大したスキャンダルではない――予想のうちの出来事だった――だが、その愛人が総督の息子から多額の現金を奪って、姿を消したため、大きな醜聞になった。警察が市内をひっくり返し、彼女の行方を追っているあいだ、だれもが忍び笑いを漏らした。

「今夜は匿《かくま》ってあげるよ」ぼくは言った。そして待った。口にしなかった言葉の半分がぼくらのあいだで宙ぶらりんになった。

艶《ヤン》は部屋のなかに一脚だけある椅子に腰を下ろした。薄暗い電球が彼女の顔に暗い影を落とす。やつれて、疲れ切っている様子だ。「ふん、あたしの行動を非難してるのね」

「ぼくには失いたくない良い仕事があるんだ」ぼくは言った。「フィンリー・スミスさんは、ぼくを信用してくれている」

艶《ヤン》はまえかがみになり、服を引っ張りあげはじめた。

「やめてくれ」そう言ってぼくは顔をそむけた。彼女が自分の商売をこちらにもちかけてくるのを見ていられなかった。

「見て」艶《ヤン》は言った。その声に誘惑の気配はなかった。「梁《リアン》、あたしを見て」

ぼくは顔を動かし、あえぎを漏らした。

彼女の両脚は、ぼくから見えるかぎり、ぴかぴかのクロム合金でできていた。ぼくはもっと近くで見ようと身をかがめた——ひざの円筒形ジョイントは、精緻な旋盤加工が施されており、ふとももに沿って取り付けられている空圧アクチュエーターはまったく音もなく動き、脚部は綺麗に成形され、表面は滑らかで流れるようだった。いままで見たなかでもっとも美しい機械仕掛けの脚だった。

「あいつに薬で眠らされたの」艶《ヤン》は言った。「目が覚めたら、脚が無くなっていて、こいつに変わっていた。痛みは耐えがたいものだった。自分には秘密があるんだ、とあいつはあたしに説明した——肉体よりも機械が好きで、ふつうの女には勃たないんだ、と」

その手の男たちの噂は耳にしたことがある。クロムと真鍮と甲高い金属音としゅーしゅーという蒸気音に満ちた都市では、欲望はややこしいものになる。

相手の表情を見ずにすむよう、彼女のふくらはぎのきらめく曲線に沿って光が動く様子に目を凝らした。

「いずれかひとつを選ばなければならなかった——あいつを満足させるため、あたしを変えさせつづける。さもなきゃ、あいつはこの脚を取り外して、あたしを道ばたに放り出すことができた。脚のない中国人娼婦がいるなんてだれが信じる？　あたしはなんとしても生き延びたかった。そのため、激痛をこらえて、つづけさせた」

艶《ヤン》は立ち上がり、残りの服を脱いだ。オペラ・グローブさえ外した。ぼくはクロム合金の胴を食い入るように見つめた。腰のまわりが滑らかな動きを可能にするためスレート構造になっている。屈曲部の多い腕は、曲がったプレートを醜悪な鎧のように重ね合わせてこしらえられていた。両手は精巧なメッシュ状金属で形成されていて、黒いスチール製の指の先端には、本来爪があるところに宝石がつけられていた。

「あいつは費用をけちらなかった。あたしの身体のすべての機械部分は最高の職人技で作られ、最高の外科医によって身体に接続された――法律で禁じられていようと、人体が電気によって、電線に置き換えられた神経によって、どのように動かせるか実験したがっている連中は大勢いるの。やつらはいつもあいつにだけ話しかけた。まるであたしはもう機械でしかないみたいに。

そして、ある夜、あいつに酷い目に遭って、やけになって反撃したの。あいつは藁ででもきているみたいに倒れた。それで突然悟った。自分が金属の腕のなかにどれほどの力を秘めているかを。あたしはあいつにあらゆることをやらせ、ひとつひとつあたしを置き換えさせ、あたしは失ったものを嘆き悲しんでいたけど、自分がなにを手に入れたのかずっと理解していなかった。恐ろしい《テリブル》ことがあたしの身にふりかかってきたけれども、あたし自身が凄い《テリブル》ものになることができた。

あたしは気絶するまであいつの首を絞めてから、見つけられた金をあらいざらいかっさらって、出ていった。

そして、あなたのところにやってきたの、梁《リアン》。助けてくれる？」

ぼくは歩み寄り、彼女を抱き締めた。「この事態を元に戻すためのなんらかの方法を探してみよう。きっとどこかに医者が――」

「いえ」艶《ヤン》が遮った。「あたしの望みはそういうことじゃない」

その仕事を完成させるのにほぼ丸一年かかった。艶《ヤン》の金が役に立ったが、金で買えないものもあった。とりわけ、技術と知識だ。

ぼくのアパートが作業場になった。ぼくらは毎晩はもとより、日曜も潰して作業にあたった――金属を成形し、ギアを磨き、電線を配線しなおした。

顔がもっとも難しい場所だった。そこはまだ生身だった。

ぼくは解剖に関する文献を読みあさり、石膏で彼女の顔の型を取った。自分の頬骨を骨折させ、顔を切った。よろよろと外科病院に入っていき、こうした傷をどう修復するのか学ぶためにだ。宝石をちりばめた高価な仮面を買い、分解し、顔の形を写し取るための金属加工の精妙な技術を学んだ。

ついにそのときがきた。

窓越しに月が床に青白い平行四辺形を投じた。艶《ヤン》はそのまんなかに立ち、頭を動かして、自分の新たな顔を試そうとしていた。

滑らかなクロム合金の皮膚の下に数百の小型空圧アクチュエーターが隠されており、ひとつひとつが独立して制御できるようになっており、どんな表情でも浮かべられるようになっていた。だが、目は元のままだった。昂奮して月明かりに輝いている。

「用意はいいかい？」ぼくは訊いた。

艶《ヤン》はうなずいた。

ぼくは彼女にボウルを渡した。なかには細かい粉状にすりつぶした混じりっけ無しの無煙炭がたっぷり入っている。燃えた木の臭いがした。大地の中心の臭いだ。彼女はそれを口に流し入れて、飲みこんだ。蒸気圧が上昇していくにつれ、胴体のなかの小型ボイラーに点いた火が温度を増していくのが聞こえた。

艶《ヤン》は顔を起こし、咆吼した――真鍮のパイプを蒸気が通過していくことによって出た咆吼だったけど、それでもはるかむかしにはじめて妖狐の声を聞いたときのあの野性的な咆吼を思い出させるものだった。

ついで艶《ヤン》は床に四つん這いになった。ギアがはまり、ピストンが上下し、褶曲した金属プレートがたがいにスライドして重なる――彼女が変身をはじめると、それらの音がどんどん大きくなった。

艶《ヤン》は最初のおぼろげなアイデアを紙にインクで描いた。それからそれを改良させ、得心がいくまで数百回修正を試みた。そこには彼女の母親の痕跡を見て取ることができたが、同時により精悍で、とても新しいものでもあった。

艶《ヤン》のアイデアを出発点にして、ぼくはクロム合金の皮膚に繊細なひだと、金属の骨格に複雑な関節を加えた。すべてのヒンジを留め、すべてのギアを組み立て、すべての電線をはんだ付けし、すべての接合部を溶接し、すべてのアクチュエーターに油を差した。ぼくは彼女を分解し、もう一度組み立てた。

それでも、あらゆる箇所が作動しているのを見るのは驚異だった。ぼくの目のまえで、艶《ヤン》は銀色の折り紙構造物のように畳まれ、開かれ、ついには最古の伝説の存在のように美しくて恐ろしいクロム製の狐となってぼくのまえに立った。

艶《ヤン》はアパートのなかを動きまわり、光沢のある新しい姿を試し、物音を立てない新たな動きを確かめた。四肢が月光にきらきら輝き、レースのように細い精妙な銀のワイヤーでできている尾が薄暗いアパートの部屋のなかで光の残像を残した。

艶《ヤン》は振り返り、ぼくのほうに歩いて――いや、滑るように向かってきた。輝かしい狩人。いにしえの幻影が蘇る。深呼吸をすると、炎と煙、エンジンオイル、磨き立てられた金属の臭いがした。力の香りだ。

「ありがとう」艶《ヤン》はそう言うと、身体を寄せてきた。ぼくは彼女の真の姿に両腕をまわした。彼女のなかの蒸気機関が冷たい金属の身体を熱しており、その身体は温かく、生気に充ちている感じがした。

「感じられる？」艶《ヤン》が訊いた。

ぼくは身震いした。彼女がなにを言わんとしたのかわかったのだ。古い魔法が戻ってきたが、変化していた――毛皮と肉ではなく、金属と炎の魔法だった。

「あたしみたいな仲間を見つける」艶《ヤン》は言った。「そしてあなたのところに連れてくる。力を合わせて、彼らを自由にしてあげましょう」

かつて、ぼくは妖怪退治師だった。いまや、妖怪の一員になっている。

ぼくはドアを開けた。手には〈燕尾〉を握っている。ただの古くて重い剣であり、しかも錆びていたけれど、待ち伏せしているかもしれない相手をたたき伏せるにはまったく問題のない代物だった。

だれも待ち伏せしていなかった。

艶《ヤン》は稲妻のように跳躍した。音もなく、優雅に、香港の通りに駆けていく。自由で、野生に返って。この新時代のために作られた妖狐。

……人間の男がいったん妖狐に惚れてしまったら、たとえどんなに離れていても妖狐には相手の男の声が聞こえてしまう……

「良い狩りを《グッド・ハンティング》」ぼくは囁いた（「幸運を祈る」の意もあり）。

艶《ヤン》は遠くで吠えた。吐き出された蒸気の固まりが空中に立ち上るのを見ていると、彼女の姿は消えた。

鋼索鉄道《ケーブルカー》の線路伝いに艶《ヤン》が駆けていくところをぼくは思い描いた。疲れを知らぬエンジンが回転数を上げ、ヴィクトリア・ピークの頂上めがけて駆け上がっていく。過去のように魔法で満ちあふれた未来に向かって駆けていくのだ。

# 編・訳者あとがき

四月刊行のケン・リュウ短篇傑作集1『紙の動物園』につづく、傑作集2『もののあはれ』をお届けする。

本書は、二〇一五年四月に刊行された単行本版『紙の動物園』（新☆ハヤカワ・SF・シリーズ）を文庫化するに際して、二分冊にし、作品収録順を若干入れ替え、文庫版『紙の動物園』がファンタジイ篇、本書がSF篇と呼べるような構成にしている。

作者ケン・リュウの経歴については、文庫版『紙の動物園』の編・訳者あとがきをご参照いただきたい。

早速、本書収録作八篇の紹介に移ろう――

「もののあはれ」"Mono no Aware"（オリジナルアンソロジー *The Future is Japanese*、二〇一二年／『THE FUTURE IS JAPANESE』ハヤカワSFシリーズ　Jコレクション収録、二〇一二年）

二〇一三年度ヒューゴー賞短篇部門受賞　ジョナサン・ストラーン編集の *The Best Science Fiction and Fantasy of the Year: Volume Seven* に収録

本邦で初めて訳されたケン・リュウ作品。西欧的ストーリーテリングの「規則」（物語の主人公は問題解決のため積極的に行動しなければならない）に従わない語りに興味を抱いて、書いたと作者は語る。自分が読んだ中国や日本の物語の多くは、その「規則」に従っていないといい、例として挙げられているのが芦奈野ひとしの『ヨコハマ買い出し紀行』。

「潮汐」"The Tides"（〈デイリー・サイエンス・フィクション〉二〇一二年十一月一日配信）

発表媒体は、毎日一本ショートショートから短篇の長さのSFを配信しており、いわゆる、軽いSFが多い。ケン・リュウにもこんな軽快な作品が書けるんだよという見本例として選んだ。どう考えても、これはひと頃日本で流行った、「バカSF」であろう。

**「選抜宇宙種族の本づくり習性」**“The Bookmaking Habits of Select Species”（〈ライトスピード〉二〇一二年八月号）

二〇一三年度ネビュラ賞およびスタージョン賞短篇部門最終候補

基本的には登場人物の個性を描き出すスタイルで書いているが、個人のいないこういうスタイル（たとえば、と言って、E・リリー・ユー「地図作るスズメバチと無政府主義のミツバチ」などを例に挙げている）で書いた初めての例だと作者は述べている。訳者がすぐに念頭に浮かべたのは、テッド・チャンの「息吹」。訳者の思うチャン作品の最高傑作がこの話であり、その雰囲気を感じさせる本作に一読たちまち惚れこんだ。

**「どこかまったく別な場所でトナカイの大群が」**“Altogether Elsewhere, Vast Herds of Reindeer”（〈F&SF〉二〇一一年五月六月合併号、〈SFマガジン〉二〇一五年二月号訳載）

デイヴィッド・G・ハートウェルとキャスリン・クレーマー編集の *Year's Best SF 17* に収録

一風変わった題名は、作中でも言及されているが、W・H・オーデンの有名な詩「ローマの没落」（一九四〇）の最後の連「どこかまったく別な場所で／トナカイの大群が何マイルもの／黄金の苔の上を渡っていく／音もなく、とてもはやく」から採られたもの。

作者が重視するシンギュラリティをテーマにした作品。

**「円弧《アーク》」**“Arc”（〈F&SF〉二〇一二年九月十月合併号）

この作品と次の「波」は、ともに「不死」をテーマにしており、姉妹篇とも言える作品。SF的イノヴェーションで生きているうちに目にできるものがひとつだけあるとすれば、なにを見たいかという質問に、ケン・リュウ曰く「答えるのは簡単さ。われわれが死を克服するところを見たい。生はあまりにも貴重な贈り物で、それが終わらねばならないのはただただ残念でしかない」と。「円弧」のほうは、地球篇と言えよう。

**「波」**“The Waves”（〈アシモフ〉二〇一二年十二月号）

二〇一三年度ネビュラ賞ノヴェレット部門最終候補　デイヴィッド・G・ハートウェル編集の *Year's Best SF 18* に収録

こちらは、さしずめ「宇宙篇」。

**「1ビットのエラー」**“Single-Bit Error”（オリジナルアンソロジー *Thoughtcrime Experiments*、二〇〇九年）

作者付記でケン・リュウ本人が書いているようにテッド・チャンの「地獄とは神の不在

なり」（二〇〇一）にインスパイアされた作品。読み比べてみるのも一興。この作品のせいでライターズブロックにかかったのは文庫版『紙の動物園』あとがきの通り。「この短篇はぼくの心のなかにいつも特別な場所を占めている――はじまりもしないうちにぼくの作家としてのキャリアを終わらせかけた作品であり、そこからロケットスタートさせてくれた作品でもある」

**「良い狩りを」**“Good Hunting”〈ストレンジ・ホライズンズ〉二〇一二年十月九日および十月二十九日配信、〈SFマガジン〉二〇一五年四月号訳載）
二〇一三年WSFA（ワシントンDC・SF協会）小出版社賞短篇部門受賞、第四十七回（二〇一六年度）星雲賞海外短編部門受賞、ポール・グラン編集の *The Year's Best Dark Fantasy & Horror 2013* に収録

訳者が個人的に一番気に入っている作品をトリに持ってきた。どこが好きかというと、「転調」の魅力に尽きる。詳しくは述べない。なんの先入観も持たずに読んで、訳者とおなじ感動を味わっていただければ幸いである。

ちなみに単行本版『紙の動物園』が刊行された際、無名作家の作品集の認知度を少しでも上げる一助になればと考え、著者にも協力してもらって訳者は、個人的なプロモーションをツイッター上でおこなった。収録作のなかで気に入った三篇を挙げてつぶやいてもら

うという内容だった（抽選で著訳者サイン入り折り紙など進呈）。百十九名もの応募があったが、そのなかで断トツの票を集めたのが、この作品だった——その他上位は、二位「紙の動物園」、三位「結縄」、四位「選抜宇宙種族の本づくり習性」。

この作品が日本のSFファンにとても気に入ってもらったのは、星雲賞を受賞したことからもあきらかだが、受賞式で読み上げた著者のコメントを紹介しておこう——

「星雲賞受賞というすばらしい名誉を授かるのは、「紙の動物園」につづいて今回二度目ですが、初めて受賞したときと同様の感動を覚えております。いや、むしろ、今回の受賞は、さまざまな意味でいっそう特別なものになりました。と申しますのも、「良い狩りを」は、わたしのベストの作品のひとつだと思っているのですが、アメリカでは、さほど高く評価されていなかったからです。この作品を書いたのは、人間の精神の復元力と適応能力を寿《ことほ》ぎたかったからです。太平洋の向こう岸におられる読者がわたしの意図を汲んで下さったのを知ることができ、とても嬉しく存じます」

四月刊のケン・リュウ日本オリジナル作品集第二弾『母の記憶に』（新☆ハヤカワ・SF・シリーズ）では、「良い狩りを」からの流れを汲む形で、巻頭に同じオルタネート・ワールド物の傑作「烏蘇里羆《ウスリーひぐま》」を配した。そちらもお手に取っていただければ、幸甚である。

二〇一七年四月（親本の訳者あとがきを元に適宜書き直した）

本書は、二〇一五年四月に早川書房より新☆ハヤカワ・SF・シリーズ『紙の動物園』として刊行された作品を二分冊し『ケン・リュウ短篇傑作集2　もののあはれ』として改題、文庫化したものです。

# 死の鳥

The Deathbird and Other Stories

ハーラン・エリスン

伊藤典夫訳

二十五万年の眠りののち、病み衰えた〈地球〉によみがえったネイサン・スタックの数奇な運命を描き、ヒューゴー賞／ローカス賞に輝いた表題作「死の鳥」をはじめ、ヒューゴー賞受賞の「おれには口がない、それでもおれは叫ぶ」など傑作SF八篇に、エドガー賞受賞作二篇をくわえた全十篇を収録。解説／高橋良平

ハヤカワ文庫

# ブラックアウト（上・下）

Blackout

コニー・ウィリス

大森 望訳

**〔ヒューゴー賞／ネビュラ賞／ローカス賞受賞〕** 二〇六〇年、オックスフォード大学の史学生三人は、第二次大戦の大空襲で灯火管制（ブラックアウト）下にあるロンドンの現地調査に送りだされた。ところが、現地に到着した三人はそれぞれ思いもよらぬ事態にまきこまれてしまう……。主要ＳＦ賞を総なめにした大作

ハヤカワ文庫

訳者略歴　1958年生，1982年大阪外国語大学デンマーク語科卒，英米文学翻訳家　訳書『夢幻諸島から』『双生児』『奇術師』プリースト，『蒲公英王朝記』リュウ，『シティ・オブ・ボーンズ』コナリー（以上早川書房刊）他多数

HM=Hayakawa Mystery
SF=Science Fiction
JA=Japanese Author
NV=Novel
NF=Nonfiction
FT=Fantasy

ケン・リュウ短篇傑作集２

# もののあはれ

〈SF2126〉

二〇一七年五月十五日　発行
二〇一七年六月二十五日　三刷

（定価はカバーに表示してあります）

著者　ケン・リュウ
編・訳者　古沢《ふるさわ》嘉《よし》通《みち》
発行者　早川浩
発行所　株式会社早川書房

郵便番号　一〇一 - 〇〇四六
東京都千代田区神田多町二ノ二
電話　〇三 - 三二五二 - 三一一一（大代表）
振替　〇〇一六〇 - 三 - 四七七九九
http://www.hayakawa-online.co.jp

乱丁・落丁本は小社制作部宛お送り下さい。
送料小社負担にてお取りかえいたします。

印刷・精文堂印刷株式会社　製本・株式会社フォーネット社
Printed and bound in Japan
ISBN978-4-15-012126-6 C0197



本書は活字が大きく読みやすい〈トールサイズ〉です。